北國ばらっど
宮本深礼
吉上 亮

original concept
荒木飛呂彦

C O N T E N T S

幸福の箱
北國ばらっど

その〈部屋〉の閉塞(へいそく)感は、まるで箱のようだった。

梅雨(つゆ)前の昼ごろのことだ。

岸辺露伴(きしべろはん)は、ある男の自宅に招かれていた。

〈奇妙〉な品を見せたい、と誘われて、渋々ではあるが応じたのだ。週刊連載をこなしながら一週間に三、四日を休日にできる露伴であっても、なるべくなら無駄な時間は使いたくなかったが、そういう文句をちらつかされると、何がどう〈奇妙〉なのか気になったわけだ。

だが……築年数のそれほど経っていないクリーム色の家の、こぢんまりした客間に通された時点で、露伴は既にウンザリしていた。

インテリアの趣味が悪い。

美的感覚の鍛えられている露伴の目に映る室内は、雑多で、まるで物置。いや……言ってみれば、そこは単に人を収容するための、箱でしかないように思えた。

そんな露伴が、ウンザリしてすぐに帰らなかったのは、男がひとり暮らしではなかったことに面食らったからだった。

「どうぞ、ごゆっくり」

「…………」

栗色の髪の女が、ふたり分の紅茶を用意し、恭しく頭を下げてから去っていく。

鼻筋が通り、澄んだ瞳を持つ容姿。痩せすぎず太すぎないスタイルは、彫刻のように均整がとれている。

露伴から見ても美しい、と思える顔立ちの女だった。旅行に連れ立つガイドとかなら、綺麗な女性のほうがいいと思う程度には、露伴も女性の美に関心はある。

「結婚していたとはな」

露伴は、目の前の男を見た。

「意外でしたか」

「そりゃあそうだろう」

心から漏れた声だった。

そもそも、この男が人間に対して興味を持つ、ということが意外だった。未だに半信半疑である露伴は、意地の悪い言葉をかけてしまう。

「いったいどういう気まぐれだったんだ？　家が古い資産家だとか、流通に太いパイプがあるとか？　純愛だなんて言われるよりは、奥歯にダイヤが埋まってたから、とか言われるほうがまだ納得できるんだけどな」

しかし、妻とした女のことを語る男は、上機嫌だった。

「純愛ですよ。べつに、ただ愛しているだけ……自慢の妻です」

「愛ィ？」

「愛です。結婚記念日だって毎年忘れたことないんですよ」

「正気で言ってるのか？　手塚治虫が『実は漫画家じゃなくて政治家になりたかった』なんていうほうが信じられるぜ」

「偽りなく、愛です。彫刻のように均整のとれた外見……それでいてよく気が利き、草花を慈しむ優しい気持ちがある……外見だけでなく、その心に正しい魅力のある女性。それが彼女です」

「……いや、うさんクサいよ。草花をどうとか心の美とか……君、そういうキャラか？　頭でも打ってないか？　熱があるって言ってくれりゃ、ぼくは遠慮なく帰れるんだぜ」

「先生……たしかに、私は褒められた人格じゃあない。けれど、男ではあるんです。男が女に求めるものは、なによりも〈安らぎ〉なんですよ。どれほど遠くに旅しても、帰るべき家に帰れば笑顔で出迎え、労をねぎらってくれる〈安らぎ〉……その温かさは、血の通わない焼き物よりもはるかにハッキリと、素晴らしさが理解できるッ！　そんな女性に出会えた幸運を、私は結婚という形で噛みしめているだけなんです。先生も結婚すれば、きっとわかります」

「そうかァ〜〜……？」

意外すぎて、露伴はやや「ヒいて」いた。

目の前の人物。五山一京という男は〈古美術商〉だ。

嘘のような名前だが、本名だ。

食えない性格で『友達づき合いはしたくない』と言われるタイプ。露伴としても、その評価には賛成だ。

ただ、信用できる目利きであり、露伴は何度か五山から美術品を購入していた。

五山という男は値をつり上げはしても、贋作を売りつけたり、金だけもって逃げるようなことは決してしない。商人としてのプライドはある男なのだ。

もちろん、懐の探り合いや、カマの掛け合いは日常茶飯事。五山は少しでも値をつり上げようとしてくるが必要以上の金をこの男に与えるのはごめんだ。

五山の手段は狡猾で周到だ。だからこそ、露伴も手段は選ばない。ルールは無用だが、商売という枠からは外れない関係。

そういうギリギリの信頼があるからこそ、露伴は今日の誘いに応じたのだ。

「……それにしても、酷い部屋だな」

「そりゃ、すみません」

「すみません、じゃあないッ！　真四角に区切られた面白みもない間取り。量販店で買ってきましたって感じのキャビネット！　それになんだ、あのガチャガチャと置いただけのCDと本棚。極めつけは、あの『コンビニのくじを引いたら出ちゃったけど、べつに興味ないんだよなァ〜。でももったいないし、適当に飾っておこうかな？』って感じのフィギュアだよ。どういう神経してたら〈亀仙人〉と〈孫悟空〉の間に〈ロロノア・ゾロ〉を置くんだ？」

「はァ……まあ、仕事柄、あんまり家には帰りませんもので……こういうのは妻にまかせてるんですが」

「綺麗な人ではあるが、美的センスはないらしいな」

「妻を侮辱するのは許しませんよ」

「……じゃ、そろそろ本題に入ってくれないか。ぼくは君のクサいノロケ話を聞きにきたんじゃあないんだよ。さっさとすませてこの部屋を出たい」

商談であれば、する価値はある。

世間話であれば、なるべくしたくない。

露伴がそう思っていることを知っているから、五山はすぐに話題を切り替えた。

「〈幸福の箱〉……………そんなふうに呼ばれています」

薄汚い風呂敷包みののったテーブルを挟んで、そう語る五山を、露伴は睨んだ。

「うさんクサい響きじゃあないか」

「いやあ、無理もないですよ……私だってそう思うくらいです。でもね露伴先生。この〈箱〉を求めて馬鹿みたいな金額を払った連中は、ごまんといるんですよ」

五山は人相が良くない。

眉が薄く、目の細い顔つきが原因だろう。そんな五山が、商談の際にはときどき、フクロウのように目を見開いて愛嬌を見せる。

そのギャップが商売には良い方向に働いていることを、露伴は知っていた。

「で？　ぼくはその馬鹿みたいな金額を払わされるために呼ばれたのか？　悪いけど、一度〈破産〉してるからな。マジのオカルトグッズなら興味がないでもないが、ケチな詐欺に引っかかってやる余裕はない」

「いえ、違います」

五山は即答した。

「……残念ながら、今回は商談ではないんです。ただ、この〈箱〉を見てほしいだけなのです」

露伴は、視線だけをテーブルの上の風呂敷包みに向けた。

なるほど。たしかに、箱のようなシルエットをしている。しかし、それはこの客間に通されてから一度も開かれていないため、露伴の目には未だ〈薄汚い立方体〉でしかない。

「………君の〈見る目〉が確かなのは知っている。正直、人間的にはどうかと思うところもあるが………美術品を〈見る目〉だけは確かだ。その目があるから、ぼくだって君から買い物をしているんだしな」

「美術商は目が曇ったら死んだようなもんですからね。絵画も、彫刻も、磁器も……見極めることができなければやっていけない仕事です」

「どうりで美人の嫁さんを捕まえるわけだ」

「人生で最も成功した〈鑑定〉だと思っています」

「そんな君が……見ることを専門とする君が、いち顧客にすぎないぼくをワザワザ呼びつけて、商品を〈見てほしい〉だけなんて、はいそうですかと信じられるかよ」

「いや、怪しいことを言ってるとは思いますよ、自分でも。ただ、この箱はいくら美術商としての目があっても、私には見ることができないんです」

「なんだって？」

「先生。この箱には〈いわく〉があるんですよ」

五山は、四角い風呂敷包みの上に手を置いて、じっと露伴を見た。もともと細いその目が、今は糸のようになっている。

五山の口が声を発するのが、露伴にはやけにくっきりと見えた。

「――なんでも、『この箱には幸福が詰まっている』とか」

「……やっぱりうさんクサい話じゃあないか。怪しい勧誘とか、宗教商法だとか、そういう匂いがプンプンするな」

「先生、以前〈妖怪〉に遭遇したらしいじゃあないですか」

「おい」

露伴は、思わずソファから身を乗り出した。その伸ばした指先が〈箱〉に触れないよう、五山は包みを少し、自分のほうへと引き寄せる。

「おいおいおいおいおい。そういう話をどこから聞いてくるんだ？　少なくともぼくから話したことはないはずだ……まず君の耳に入れたくない話だからな」

「商売のツテですよ。集英社の人間と親交のある友人がいて……」

露伴は、いつぞやのことを思い出していた。

抽象画家〈ド・スタール〉の名を聞いて、ミュージシャンだとか言った編集者がいた。たしか彼は新人だった。だからこその、脇の甘さが目立つ男だった。

記憶の旅をきりあげて、露伴は再び五山に向き合った。

「つまり、何が言いたい？」

「〈妖怪〉が見えた露伴先生なら、この〈箱〉を扱えるんじゃあないかと。私には無理でしたので……いや、ほんとお願いします」

「なに？　それはどういう…………おい、ちょっと待て」

露伴の視界の端で、五山が席を立った。いかにも当然のように、何のためらいもなく、部屋から出ていこうとする。

「おいおいおいおいおいおい。どこに行こうとしてる？　この状況に呆れて出ていきたいのはぼくのほうなんだぞ？」

「〈ドゥ・マゴ〉ですよ。駅前のカフェ……行ったことありませんでした？」

「嘘だろうッ？　呼びつけておいて、ぼくひとりこの趣味悪い部屋に置いていくのかッ!?」

激昂よりも戸惑いのほうが大きかった。

ただ、この場で声を荒らげないほうが無理だろうことは間違いない。

「あ、でも妻の淹れた紅茶は絶品ですよ。カフェで注文する商品にも劣らないいんじゃあないかな」

「そういう話をしているんじゃあないッ！　君はぼくをコケにするために呼んだのかッ!?　それともこの薄汚い風呂敷包みじゃあなくて、喧嘩を売るためにぼくを呼んだのかッ!?」

「そんなつもりは、いっさいありません。ただ……その〈箱〉は、どうやら誰かと一緒に中を見ちゃあいけないらしいんです」

それはもう、「さっさと」と形容するのが相応しいほどに、五山の足取りは早かった。口など挟ませないという、かたくなな意思が感じられた。

「露伴先生にそれを見てもらうためには、邪魔者は退散しなくてはならない………私自身の好奇心を抑えるためにも、なるべく遠くへ行ったほうがいいでしょう。お願いしますよ、露伴先生。これは取引だとか、商談だとかじゃあない……ただのお願いなんです」

それだけ言って、五山は部屋をあとにした。

物腰は下手に出ているようだったが、その行動には有無を言わせぬものが感じられる。

閉塞感の強まった客間にひとり残され、露伴はさすがに怒りを覚えていた。コケにされることは、何より許しがたいことだと思った。

「……ハッ。こうしてひとりで部屋に置いておけば、どの道、好奇心に負けてぼくがその箱の中身を覗く。そう考えたんだろうが………」

机の上の包みを一瞥し、露伴は席を立った。

苛立ちが、足取りの荒々しさに現れている。それでもまだ落ち着きを保っているのは、五山という男との会話が初めてではないからだ。

コケにしているのか。そう聞いた。

すると五山はたしかに「そんなつもりはない」と答えたのだ。

質問したことに対して、嘘は言えない男……それは露伴の中に〈確信〉として存在する。であれば、間違いなく何らかの企みがあるに違いない。その企みが、この〈箱〉を露伴に見せることであるとするなら、露伴は乗るわけにはいかない。

露伴は「見たことのない」ものを見たくなるタチではある。

それで何度か危ない目に遭ったこともあるし、悪癖であることをそろそろ自覚してはいるが、止められない好奇心がある。

だからこそ〈箱〉の中身が気にならないと言えば、嘘になる。

しかし……「しめしめ、そうなると思ったぜ」と考える相手の思いどおりになること。

それは、岸辺露伴のもっとも嫌うことのひとつである。

「ぼくは〈箱〉を開けない。興味はあるが、それ以上に、あの男のシナリオどおりに動くのが癪だからな……」

あえて宣言するようにそう言って、露伴は席を立つ。

まるで目的地に止まった電車から降りるように、当然と言わんばかりに堂々と出口へ向かう。申しわけないなんて気持ちは微塵もなく、ポケットに手をツッコミながら。

上座——つまり部屋の入り口から遠い席から。

帰る為に、〈箱〉を乗せたテーブルのそばを横切った。

そのときだった。


——ガシャン。

そう、音がしたのだ。

「………」

出口に向いていた視線を、テーブルに戻す。

そこにあった風呂敷包みは、先ほどまで、たしかに〈箱〉と認識できるものだった。

「……今、なんだ？　……〈ガシャン〉って……鳴ったのか？」

何か違う。

一目、〈箱〉を見れば、そう感じられた。

「………この〈箱〉……前からこんなだったか？　もっと、いかにも〈箱〉……という感じだったはずだが……まるで〈ナッツ入りのチョコ〉みたいにデコボコになってないか？」

恐る恐る、露伴は手を伸ばした。

風呂敷に包まれた〈箱〉に触れれば、なめらかな立方体の、人工的な感触が伝わってくれば、それでいい。それでいいはずだった。

しかし――。

指先で押せば、その〈箱〉……いや、〈箱〉だったものは、がちゃりと音を立てて、

「崩れただとッ⁉」

もはや、露伴は包みの中を、見ずにはいられなかった。

すると、箱を覆っていた包みが、まるで意思を持っているように、はらり、とほどけた

のだ。

恋人の前ですべてをさらけ出し、〈責任〉を押しつけようとする女のように、自ら〈箱〉は姿を露わにした。

やはり、崩れている。

それを認識した瞬間、露伴は目の前の現実が崩れる音を聞いたような気がした。覚えのある感覚だった。「決定的にヤバい」感覚だった。

箱、と言うから桐箱や重箱のようなものを想像していたが、中から現れたそれは、〈陶磁器〉だった。

箱と言うよりは、花瓶や、壺のような、金槌（かなづち）で叩けば簡単にバラバラになってしまいそうな、ひどく乾いて脆（もろ）い材質……バラバラに砕くのは容易。そう思わせる、材質。

「オイオイオイオイオイオイ……。違う……ぼくじゃあないッ！　指一本触れてもいないし、大きく振動を起こすほど下品な歩き方をした覚えもないッ！　間違いない！〈箱は最初から割れていた〉ッ！　……だが……」

露伴は気づいた。

ハメられた！　と、そう思った。

「これじゃあまるでぼくが、箱を割ったみたいじゃあないかッ！」

つまり、五山が見てほしいと言ったのは、このことだったのだ。

わざわざ隔離された客間に招き、〈箱〉と露伴を置いてさっさと出ていく。既に割れている〈箱〉を、わざわざ〈箱〉の形にして、ほどけやすいように風呂敷で包んで……。

この状況を用意することが目的だったのだッ！

そう思い至っても、もう遅い。ほどけた包みと割れた箱の破片。どうあっても言いわけのし難い状況だ。

「クソッ！　もっと警戒しておくべきだった……。まんまとアイツの思いどおりの状況にハマってしまった自分に腹が立つ！　もちろん詰め寄られたところで、ぼくは無実なんだから素直に謝ってやるつもりはないが……」

面白くない状況なのは間違いない。

とはいえ、期せずして姿を顕(あら)わした〈箱〉なるものの正体は、ギリギリで不完全燃焼になるところだった興味に決着をつけてはくれた。

「何より……〈箱〉とやらの正体が、こんなにつまらないものだったことッ！　こんなもののために時間を割(さ)いたことが、一番に腹立たしい！」

ただ、自分を陥(おとし)れるために用意されたガラクタ。

こんなものに一瞬でも興味を惹(ひ)かれたことは、恥ずかしくもあるし、それ以上に忌々(いまいま)しかった。焦りはすぐになりを潜め、今度はふつふつと怒りがわいてくる。

決めた。五山に会ったらぶつけるものは、謝罪ではなく文句だ。

何も謝ることなどない。

どれほど弁明できなくとも、やかましいことを言われたら〈ヘブンズ・ドアー〉を使ってやれ。何ひとつとして罪悪感はわかない。自分は〈無実〉だという確信があるからだ。

魂に正当性を持っていれば、恐れるものなど何もない。

逃げ出す必要も、ない。

そう覚悟を決めれば、波立った心は少しずつ落ち着きを取り戻していった。

そうすると……今度は純粋に、別の興味が顔をのぞかせる。

「しかし……そもそもこの〈箱〉、もともとは何に使うものだったんだ？　陶磁器製の箱なんて、そう見るものじゃあないが……」

露伴はソファにかけなおすと、改めてその〈箱〉の破片をまじまじと見つめた。

よく見れば、破片の片面には文様が彫りこまれている。割れていることで、文様自体が欠けてはいるが……。

「……いや」

観察しているうち、露伴の集中力は少しずつ高まりつつあった。

まず、粉々に割れたにしては、欠片（かけら）の大きさが均等すぎる。

それに、割れた断面があまりにも綺麗だ。なんとも工業的というか、わざとらしい。

「…………」

惹きつけられるように、熱中していく。

こうなるともう、止まらなかった。露伴はその指を伸ばし、破片をひとつ手にとってみる。

「……〈破壊〉されたものは、かならず〈歪(いびつ)さ〉をもっている」

露伴はそれを知っている。

「〈破壊〉されれば、本来もっていた機能を失い、魂を穢(けが)されてしまう……その〈歪さ〉は、生物も、無生物も変わらず、間違いなくある。だが……この破片。いや、欠片には……それがない」

また、思い出す感覚があった。

それは、広瀬康一(ひろせこういち)と、間田敏和(はざまだとしかず)に……自分と同じ、〈特別〉を有する人間たちに初めて出会ったときのことだ。

惹かれ合うような感覚。

露伴は、この破片にそれを覚え……そして、破片と破片の間にも、その流れを見ている気がした。

その目を注意深く凝(こ)らす。スケッチを行い、モデルを観察するときの目。

怒りと苛立ちによって濁らされていた、岸辺露伴という男の人格が、ここに至って急激にクリアになっていく。

手にした破片は、〈角〉のように思える。もはや恐れることなく、残りの破片の山を、ざくっと手でかきまわして机の上に広げていく。

絵は、理論と感覚の両方を使わなければ描くことができない。だからこそ、露伴にとっては慣れたこと。

理性的な観察力と、本能的な直感を上手に噛み合わせ、次の破片を拾う。

手に持った破片に組み合わせれば、ぴたりと繋がった。

「…………」

破片は、滑らかな面を形作り、しっかりと断面と断面が噛み合っている。乱暴に扱わなければ、元の〈箱〉の形に戻せる。

……確信した。

「――〈パズル〉だ」

コツを摑んだ感覚があった。

たとえば〈ヘブンズ・ドアー〉を出すとき。〈ヘブンズ・ドアー〉で他人を本に変えて読むとき。そして〈ヘブンズ・ドアー〉と同じような〈力〉を見るとき。

物質的には存在しない、しかしたしかにそこにある。その〈力の像〉に焦点を合わせるときの感覚で、〈箱〉の欠片を眺める。

すると、不思議と惹かれ合う欠片の繋がりが見えてくる。

「……完全に、〈理解〉したぞ」

その漠然とした感覚を研ぎ澄まし、理性で吟味し、欠片を選び、組み合わせる。

少しずつだが確実に、それは元の形へ戻ろうとしていく。

「正しく繋がる欠片と欠片……この間には、間違いなく〈見えない設計図〉が存在している。奇妙な法則によって、組み立てられる」

推理は既に、確信になっていた。

「スタンド使いが惹かれ合うような、不可視の法則……エネルギー！　これは人を選ぶ〈パズル〉だ！『五山には無理だった』のは、こういう性質のせいか……！」

欠片の数は多く、決して単純な作業ではない。

しかし、手で探れば確実に〈パズル〉は組み上がっていく。気づけば露伴の手は既に、その完成形の底の部分を形作ろうとしていた。

「なるほど………たしかに〈箱〉のようだ。それに……」

欠片の片面に彫りこまれていた文様は、底という一面を作りあげれば、完成された図形になっていた。

曲線の多い、複雑な文様。ペルシャ系文化の陶器に描かれるような緻密さもあるし、縄文土器のような宗教的な趣も感じさせる。

それ自体が、露伴の興味を惹くだけの存在感を持っている。

「きわめて複雑だが……しかし均整のとれた文様だ。意味を伴った〈美しさ〉を感じられるあたり、立派な〈デザイン〉だと言えるだろうな」

露伴は組み立ての作業中、自分でも不思議に思うほどに、そのパズルに惹きつけられて手を動かしていた。

思いなおしてみれば奇妙な精神状態だったが、この文様の〈美しさ〉に、創作家としての本能が反応したのだろうか。

もしかしたら、この箱に詰められた〈幸福〉とは、その〈美しさ〉のことなのかもしれない。

「しかし……ぼくとしたことが熱中しすぎたな」

こめかみを押さえ、部屋の中を見回し、時計を探した。

五山が出ていってからどれほどの時間が経ったろう。熱中している最中は、時間感覚が曖昧になっていてわからない。

たまたま五山が帰ってきて、途中まで組み上がった箱を見たら「してやったり」という表情をするに違いない。それを見たら、ブチ切れない自信がない。

「…………」

それにしても、相変わらず閉塞感のある部屋だ。

――まるで箱のよう。

そうだ、それが最初に抱いた露伴の感想だった。

「……客間とはいえ、よくもまあ……こんなに、つまらない部屋を用意できるもんだな」

露伴も目の肥えた人間だ。

それが何であれ、有田焼の壺からセーラームーンのフィギュアに至るまで、〈美しさ〉に対する感性は鋭い。

「一応〈古美術商〉なら、商談にも使う部屋だろうに。もう少し気を遣(つか)ってもいいんじゃないのか……？　ましてぼくを通すかフツー」

そんな文句に応えるように、部屋の扉がノックされた。

「…………」

五山が帰ってきたのか。

そう考えているうちに、扉が開いた。

「あら……」

「…………」

扉を開けたのは五山本人ではなく、その妻だった。

盆にティーポットがのっている。紅茶のお代りを持ってきたのだろう。露伴は床にしゃがみこんでいたことに気づき、やや急ぐような動きで立ちあがった。

しかし、五山の妻はそれを不思議がるでもなく、淡々とテーブルの上に手を伸ばす。

一瞬、組み立て途中の〈箱〉を見られてギョっとしたが、五山の妻はそれがなんなのかも知らないようで――あるいは、家に奇妙なものがある状況にも慣れているのか――特に気にすることもなく、冷めた紅茶を片づけ、新しいティーカップに紅茶を注ぎはじめた。

それから、申しわけなさそうに、口を開いた。

「ごめんなさいね……主人ったら、せっかくのお客様を放ったらかしにするなんて。あの人、少し変わったところがあるものですから」

少し。

客を部屋に待たせたまま商談に行く男を〈少し変わった〉と評するあたり、なるほど、ノロケたくなる程度の愛情はある結婚なのかもしれない、と露伴は思った。

「個人商人としては、本当にどうかと思う点だな」

「謝っても謝りきれない話ですが……もう少ししたら帰ってくるはずですので。どうかご容赦ください」

五山の妻は、深々と頭を下げる、その仕草ひとつとっても美しかった。文句のつけようのない美があった。その栗色の髪は絹のように滑らかで、太陽光を透かせば、金糸にも見える。

鼻筋の通った顔立ちや、ふっくらと丸みを帯びたスタイルは明確な美であり、その美しさを鼻にかけない振る舞いは、粗雑さとは縁遠い。

一挙一動を眺めるだけで、男性としての本能的な幸福が感じられる。これほど美しい女性なら、二四時間、同じ屋根の下で暮らしても苦ではないのかもしれない。

なるほど。変人の五山と言えど、入れこむのもわからなくはない。

しかし今度は、見れば見るほど、五山がこの女と結婚できた理由がわからなくなった。

「……なあ、失礼なことを聞くようだが……」

「はい、なんでしょう?」

「いや、ぼくも独身だし、恋愛というもの自体に興味が薄いから疑問に思うのかもしれないが……君、あの男のどこが良くて一緒になったんだ?」

「どこが…………不思議なことをおっしゃるんですね」

花が咲くような、と表現するのが似合う笑みを、五山の妻が浮かべる。

「人を好きになるのに、〈どこ〉だとか〈どれ〉だとか、選ぶ必要がありまして?」

「…………」

ひとつ聞けば十を答えそうな五山に対し、それは対照的な答えだった。

結婚。同棲。恋愛。

他人と四六時中同じ家の中で、一生を寄りそって過ごす習わし。

おおよそ自分の理解から遠いものであることを露伴が確信するうちに、五山の妻は冷めた紅茶を持って、部屋をあとにする。

淹れなおされた紅茶を、露伴は喉奥のものを流しこむように口にした。

どうやら、紅茶の淹れ方も上手らしい。

何分経っただろうか。

べつに義務でもないはずなのだが、〈箱〉の組み立ては既に半分ほどまで進んでいた。

「……何をやっているんだぼくは」

一度始めた以上は、という意地もあるかもしれない。

だが、コツを摑んでしまったおかげで、なまじ作業を進められてしまうのが最大の原因だろう。たびたび休憩を挟むのだが、その間に口にする紅茶の口当たりが良く、ちょうどリフレッシュしてまた作業ができてしまうのもいけない。

たかだかパズルを組み立てるだけのことにこれほど熱中するのは、露伴としても意外な経験だった。手を止めて冷静に思い返せば、作業中の露伴は、何か熱に浮かされたようなテンションになっていたような気もした。

しかし、頭が冷えても目に入るのはつまらない部屋の内装ばかり。

それを目にしたくなくて、作業に没頭してしまうのかもしれない。だとしたら、なかなかどうして計算高い。

「……ん?」

ふと、キャビネットの上に目が留まった。

「……おかしいな。あんなもの、さっきまであったか?」

あれほどつまらないとしか思えなかった調度品の中に、目を引く物があった。音楽CD類が、ジャケットを見せるようにして並んでいる。

「……〈レッド・ツェッペリン〉の紙ジャケじゃあないかッ!」

思わず、露伴は身を乗り出した。

「金策に困って売り払ってから、ずいぶん久々に目にした……こっちは〈ビリー・ジョエル〉の金ラベルッ! 〈アビイ・ロード〉の左向き版もあるぞッ!? なんでこんな適当に置いてあるんだ……ッ!?」

ひとたび気づけば、それは雑に積まれた宝の山だった。

オークションで売ればどれも相当な値がつくはずの代物(しろもの)……。

無頓着な置かれ方をされているのも奇妙だが、露伴自身、なぜ今までこれらが目に入らなかったのか不思議だった。

以前、露伴が所持していたものもある。これらは見る人間が見れば、金銀珊瑚（さんご）の財宝にも等しい。

五山はこれらの価値が理解できているのだろうか……？　ただ、高いから買っておこうという程度の気持ちで集めたんじゃあないかと疑いたくなる。

「……おい、待て」

そのまま、露伴はＣＤ類から平行にずらすようにして視線を動かす。

「ガラス扉もついていない本棚に、ばらばらに漫画が並んでいると思ったが……〈シートン動物記〉が揃っているのか？　冗談だろ？」

背表紙をなぞるように、思わず指で触れる。

手触りは滑らかで、古書特有の擦（こす）れた感触はない。

「ほとんど日焼けもない……！　お、〈バビル２世〉の保存状態もいいッ！　〈花の慶次〉は完全版だが、スペースを考えればむしろベストだろうな……隙間に突っこまれているのは古いジャンプか？　〈ドラゴンボール〉の連載が始まった号を、そんなブックエンド代わりに使う奴なんているのかッ⁉」

　正直言って、価値がわかる人間なら本棚ごと持って帰りたいと思えるようなものが、その棚には詰まっていた。既に退屈はなく、この〈部屋〉に来たときの閉塞感は薄れている。

……いや。そもそもこの部屋は、本当にこんな状態だっただろうか？　今いる部屋は、本当に五山の家の客間なのか……？

〈箱〉に集中している間に、知らぬ部屋に来てしまったような……。

「ん……………………」

視界の端で、何かが、もぞりと動いた。

家の主（あるじ）すら留守にしているこの室内に、露伴以外に動くものなどあろうはずがない。だというのに、たしかにその気配はあった。

瞳孔から伸びる〈興味〉の矢印が、キャビネットの影へ向いていく。

――ヴ……ン。

耳を細かく揺らす、羽音が響く。

「はッ！」

一瞬で、それは室内のせまい空へと飛び立った。

四枚の翅（はね）を、目にもとまらぬ速度で震わせて滞空する……その姿は、最新式のティルトローター式航空機よりも遥かに洗練された、自然の機能美を感じさせる。

「…………〈トンボ〉だって？」

いったいどこから紛れこんだというのか。

それは紛れもなく、トンボだった。

未だ自然の空気が残る町だから、虫を見るくらいは珍しいことでもないのだが、それでも唐突に室内で見つけると違和感がある。

トンボはヴ……ヴヴ……と、羽音を立てながら、露伴の目の前を横切っていく。

そして、テーブルの上まで行くと、組み立て途中の〈箱〉の上で滞空した。

「………」

露伴は導かれるようなものを感じて、再びテーブルに向かった。

ティーカップに虫が止まるのを今さら気にする露伴でもないが、そのトンボはパソコンのポインターのように目線を誘導する力があるようだった。

作業を再開しなければ。

急かされているような気配が強くなっている。漠然と、頭の裏側から引っ張られるように、組み立てを急がなければならない気がしてくる。

しかしテーブルにつこうとして、止まった。

「……このソファ……」

露伴は、座ろうとしたソファを指でなぞった。

先ほどまで、ずっと座っていたはずのソファ。それが、不意に興味を引いてくる。

「……気づかなかったが、このソファ……ドレクセル・ヘリテイジなのか？　ぼくとしたことが……〈プリティ・ウーマン〉に出てきたのと同じソファに座って、今の今まで気づいていなかったって？　嘘だろう？」

見れば見るほど、この部屋に〈魅力〉が溢れていく。

あまりにも奇妙な経験だった。普段なら、もう少し自分の置かれた状況だとか、精神状態を疑ってもいい出来事だった。

しかし、何か。

何かが、その手を、作業に惹きつけている。

続けた先に〈幸福〉を確信している。

露伴はソファに浅く腰かけ、残った〈箱〉の欠片に手をつけた。

ヴン……。

目の前を横切ったトンボに、意識が戻ってきた。

「……また、没頭していたのか。いったいどれほど……」

〈箱〉から手を離す。

まだ完成してはいないが、最上部のみを残すところとなった箱の欠片はもう、残りもそう多くはない。もはや〈繋がり〉を見なくとも、市販のジグソーパズルよりも簡単に組み上がるだろう。

この〈箱〉が立方体の形を取り戻すのは時間の問題だった。

露伴は、トンボの飛んで行ったほうへ視線を向けた。

その拍子に、部屋の中が視界に映る。

「………」

居心地の良さを感じていた。

既に何年も住み続けた、勝手知ったる我が家のような落ち着き。「ひと風呂浴びたら、無防備なバスローブ姿でやってきてソファに腰をおろし、冷凍庫から持ってきたリッチバニラのアイスクリームを食べて過ごしてもいい」と思えるほど、その部屋に馴染(なじ)んでいた。

トンボは、隅に寄せられた観葉植物の枝に止まっていた。

「しかし……いまの季節、外でもほとんど見ないはずだが……」

近づいて、よく観察する。

「イトトンボに似ている気はするが、胴体の作りは違う……べつに昆虫博士、ってわけじゃあないし、そう詳しいとも言い切れないが……なんだろう、見覚えがある。少なくとも、その辺にいる単なるトンボじゃあないな」

露伴は、自然と本棚から〈昆虫図鑑〉を取り出した。望めば確実にそこにある、という確信があったかのように、その動きはスムーズだった。

ページを折らぬよう、ゆっくりとめくる。

トンボの項目は、それほど苦労せずに見つかった。

「……あった…………そうか、〈ムカシトンボ〉だッ！」

喜色溢れる声だった。

露伴は漫画を描くために自然を観察することが多い。

とはいえ、それこそ星の数ほどいる虫の種類を、いちいち覚えているほどでもない。

それでも記憶に引っ掛かったのは、それがきわめて珍しい、日本固有種のトンボであるという記事を昔目にしたことがあったからだ。

「図鑑や標本で目にすることはあるだろうが、こんな珍しい種類を、生きているそのままの姿で見つける……それも、こんな都市部の室内でだと？　どういう幸運なんだ？　いや、しかしその前に……ぼくはこいつをどこまで〈観察〉するべきだ？　たしか〈絶滅危惧種〉だからなァ〜〜〜〜……解剖するのはまずいだろうなァ〜〜〜〜」

徐々に見えづらい場所へ移動していくトンボを追うように、観葉植物の葉を指で避ける。

今の露伴は、虫取りに興じる夏の少年のようでもあった。

「くそッ！　取材用のカメラを持ってきていればな……なんだってこんな虫が室内の観葉植物についている？　まるでつまらない家に呼ばれた不幸のバランスを取るように……〈幸福なもの〉が次から次へと現れる……！」

来たときには、そんなことを考えるとは想像もできなかった。

しかし……今となっては、

「——この部屋は、まるで幸福の詰まった〈箱〉だ」

呟きを、声に出して。

瞬間、ゆらり……と、視界が崩れるような錯覚に陥った。

「…………ン……！」

露伴は頭を押さえた。

重力が喪失していくようだった。床についた足から膝、腰、背へ繋がる骨格の感覚が消えていく。天地がわからなくなる。

「眩暈……？」

珍しい経験。

急速に危機感が襲ってきた。

漫画家になりたての頃は多少は無茶もしたし、体調を崩すこともなかったわけではない。

しかし、すぐにそういった無理によるコンディションの崩れが、決して漫画に良い影響を与えないことがわかった。

十分に余裕を持って作業を終え、週末はゆっくり時間を取って身体を休める。だから海外や山へ取材に行く体力もある。

体調管理をおろそかにするのは、プロとしても人間としても十分ではない。

だからこそ、眩暈などを起こすのは、異常事態でしかない。

「なんだ、急に……この漠然としたッ……！」

血の巡りが悪くなったような不快感。

頭にもやがかかり、視界がかすんでいく。普通の眠気ではない。一日の疲労を癒すため、
神経が求める眠りとは絶対に違う。

焦りだけが脳を支配していくが、それに対して考えようというエネルギーが抜けていく。

「い……いけないッ……意識を手放してはッ！　何か……ヤバいッ！」

露伴は必死に、壁に手をつこうとした。

しかし、掌に触れるものがない。いや、そんなはずはないのだ。先ほど立っていた位置
なら、でたらめに手を伸ばしても壁に触れるはずなのだ。

支えるものが何もなくなっていく。自分の身体がまるで、鉛の塊になったかのように重
く、沈んでいく。

瞼を閉じてはならない。

本能的にそう感じた露伴は、必死に目に力をこめる。視界を失うことは、何よりも危険
だと思えた。

「……ヘブンズ……ドアー………」

次いで、露伴はその力で、自分自身に襲いくる不自然な睡魔を退けようとした。
その身体に「目が覚める」と書きこむ。
それだけ。たったそれだけのことで、この状況は打開できるッ！
しかし……。
「…………………………」
その力の像は、フニャフニャとしたぼやけた線にしかならなかった。
まどろんでいく意識の中では、精神も感性も、背骨のないものになってしまう。
空中に何かを描こうとした指先が、死に際の翅虫のような軌道を描いて、床に落ちた。
ダイイングメッセージを書こうとする姿にも見えた。
泥の沼に沈むように、意識が呑みこまれる。
視界が、黒く消えていく。

今となっては、部屋の中は〈箱〉のようですらなかった。
曖昧にぼやけた、水彩絵の具を滲ませたような景色。
濁った水槽のようにしか見えない。

目を凝(こ)らす。……目を凝らす。

その目の焦点を、なんとか合わせようとし、力の入らない手でもがく。

——なんだ、これは。

露伴は、動かした自分の手があまりにも小さいことに驚いた。

立ちあがってみると、目線が低い。身体が普段よりもはるかに軽く感じられる。

指先をこすり合わせてみる。

ペンだこのひとつもない、まるでシルクのように滑らかな感触。きめ細かな肌。手の甲に浮く血管も、節くれだった輪郭もない。

驚いているうちに、滲んでいた部屋の景色がぼんやりと形を持ちはじめる。

室内の雰囲気はがらりと変わっていた。

CDも、本棚もない。観葉植物も見当たらない。しかし同時に、先ほどまで部屋で感じていた、どこか不自然な味けなさもない。部屋そのものが、変わっているように思えた。

見たことのない……いや、しかし懐かしい景色だ。知らない、というよりも、忘れていた、と思わせる、そんな景色。

トンボはもうどこかへ飛び去ってしまっただろうか？

見回せば、どこか色褪(いろあ)せた色彩ばかり目に留まる。

セピアがかった、古い写真のようにも見えるその景色は、やけに人を後ろ向きにするように思える。

夕焼けに似た色合い。

それは、後ろ向きな色合いだ。

歩いてみると、その足取りは自分でも驚くほどに迷いがない。一歩、一歩、進むごとに足になじみ深い感触が甦(よみがえ)る。

ここは、いったいどこなのだろう。

まったくわからないが、不安もない。

見も知らぬ場所で孤独でいる、という感覚が襲ってこない。

それはなぜなのだろう、と思ったとき……〈温かな気配〉があることに気がついた。

集中すれば、気配でしかなかったものが、少しずつ形を作っていく。

人間……。

いや、人間ひとりと……何かが、一頭。

微笑んでいるようにも見えた。

そのふたつの気配は、とても、とても温かなものだったが……同時に、眺めているとひどく寂しい気分になった。

ここで手を伸ばしても、届かないような。

いや……それを、望まれていないような、そんな気がした。

ひとりと、一頭は、どこか悲しげな、けれどとても優しい顔をして、何かを言っているように思えた。その声は、決して鼓膜に届きはしない。

やがて、ふたつの気配がその部屋を出て行った。

何か言おうとしたが、声も出ず。ただ、温かさが傍から去っていく感覚に打ちひしがれていた。

寒さの訪れと共に、身体中に倦怠感が襲ってきた。

先ほどの眠気とは違う。今度は、感覚が鋭敏になっていく。

目覚めの兆候――。

意識が、浮上していく。

「――目が覚めまして？」

意識を取り戻す最後のひと押しになったのは、その言葉だった。

瞼を開けば、今度ははっきりと目の前の景色が形をもって見える。味けなく、雑然として、面白みのない部屋。

その〈部屋〉の閉塞感は、まるで箱のようだった。

露伴は、床に這うようにして倒れていたことに気づき、身体を起こした。

首と肩をつなぐ筋に倦怠感がある。頬骨のあたりが少し痛み、妙な形で体重を乗せていたことがわかる。不自然な症状だ。

眼球を動かすと、凝(こ)り固(かた)まっていた何かがほぐれていく気がする。

快眠から目覚めたときのコンディションではない。

少し部屋の中を見渡すように視線を動かして、最後に、ソファに座っている人物が目に入った。

「…………君は、五山一京の……」

「ずいぶんと申し遅れました。……一京の妻の、千波(ちなみ)と申します」

物腰は相変わらず柔らかだった。

やはり、高水準でまとまった美しさを持っている。

だが、違和感があった。

毒蛾を見たときのような、生理的にピリピリとくる、この〈怖気(おぞけ)〉はなんだ。

姿勢良く、骨盤から背骨、首に至るまでまっすぐに支えられた姿勢。しかし緊張はなく、優雅さすら覚える堂々とした姿。薄暗くなった部屋の中ではその全体的なスタイルも際立ち、肩からすらりと伸びた両腕が、指に至るまで描くラインも整っている。

………その整った両腕の中には、抱えるほどの大きさの〈箱〉が収まっていた。

「おい。その〈箱〉は……」

五山の妻……千波は、箱の天板をいとおしげに撫でた。

凹凸ひとつない、つるりとした感触であろうことが、眺めているだけで見てとれる。

その〈箱〉は、既に〈箱〉の形を完成させていた。

寸分の狂いなく、〈完成された立方体〉だった。微塵の歪みも感じられない。デッサンの練習をするなら、これ以上理想的なモチーフはないのではないか。

箱だとか四角だとか、そういう概念を形にしたもののようにすら見えた。それはまさしく、密閉された箱のように、完結した美しさだった。

露伴は、先ほどまでそれを組み立てていたはずだ。

しかし、箱に蓋をした記憶がない。

完成させた記憶が、露伴にはない。

「………………その〈箱〉、どうして完成している？　あれから、どれほどの時間が経った……？」

「もうそろそろ日が落ちようとしていますわ、露伴先生。ずいぶんと、深くお休みになっていらしたようだから」

窓の外を見る。

傾いた太陽が、煌々と、赤い光で部屋の中を照らしている。なるほど、信じがたいが、たしかに相当の時間が経ったらしい。

それほどの時間、どうして自分が眠りこけていたのか、という疑問もあるが――、

「……五山一京はどうした？」

「夫なら………今は、この中に」

そう言って、千波は〈箱〉を撫でた。

その手つきは慈しむように丁寧で、艶めかしくさえある。間違いなく美しい。

だというのに……かつて資料として見た、マムシがネズミを丸のみにするべく這い寄る姿を、露伴は思い出していた。

「……〈この中に〉って……今、〈この中に〉って言ったのか？　その〈箱〉に向かって」

「ええ……夫は、この〈箱〉の中におりますの」

馬鹿馬鹿しい冗談だ。

だが、一笑に付すことのできない、静かな〈スゴ味〉が伝わってくる。

露伴は、自分のことを人格者だと思っているわけではない。

それでも、そんな露伴の目から見ても「こいつはヤバい」と感じる人間はいる。相手の人生を読むまでもなく、毒々しい表紙をつけた本のように警告してくる。

言葉こそ交わせるものの、本当の意味でのコミュニケーションがとれない相手。人々の中で平穏に生きているようで、その実、精神的にはきわめてドス黒いものを抱えている。自分の欲望や都合のために、他者を踏みにじることを厭わない〈静かなる悪〉。目の前の女は、そういうものに見えた。

「私には誠意を見せる準備がありますわ。露伴先生……種明かし、と言ってもよいかと」

「誠意だって？」

その単語が意味する内容に、きっとズレがあるだろうことを、露伴は感じていた。少なくとも、誠意とはこんなに無造作に、不躾に、与えられるものではないはずだ。

露伴がそう考えていることを、千波は果たして、わかっているのかいないのか……その唇は、勝手に言葉を紡ぎ続ける。

「実のところ、この〈箱〉は私の家系に伝わるものなのです」

その言葉に、露伴の視線が千波の顔と、〈箱〉とを交互に移動する。〈箱〉を抱えるその姿は、たしかにやけに似合っている。

それは理屈ではなく、あるべき者のところにそれがある……彼女が〈箱〉の本来の持ち主であるという真実をたしかに感じさせた。

「すると、なんだ？　これはミステリなんかでいう、黒幕の自白パートみたいなものかい？　そういうのって、たいていは勝ち誇って、余裕ブッこいてぺらぺら喋りすぎるものなんだよな」

「作家さんらしい意見ですわね」

「漫画家だよ、ぼくは」

その違いも、千波にとってはそれほど意味を成すものではないのだろう。

他人に興味を感じている節がない。

「五山千波。君は……夫を唆したんだな」

「人聞きが悪いですわね、先生。私は……愛しいものを、しまっておきたかっただけです。これは、そういう〈箱〉なんですよ」

千波の視線がまっすぐに露伴に注がれる。

暗い、暗い、洞のような瞳孔は、気を抜けばそのまま呑みこまれてしまいそうで寒けがする。

「ねえ。〈宝物〉って……大事に大事に、しまっておくべきものじゃあありません？　それが大切であればあるほど、保管にこそ気を使うべき……。貴重なＣＤはケースに。高い本はカバーをつけて本棚に。宝石は宝石箱に入れて、まとめて金庫の中へ……そういうものじゃあありません？」

「帯のとれた本だとか、ケースと中身がばらばらのＴＶゲームとか、そういうのを見るとイラっとくる気持ちは理解できる」

「それと同じです。これは、そういう〈箱〉なんです」

また、千波の手が〈箱〉を撫でた。

その仕草を見るたびに、生理的な嫌悪感が生まれる。その〈箱〉が、確信をもっておぞましいものであると理解できる。

「つまり……その〈箱〉は、人をしまっておくための道具だって？」

「そういう解釈もありますわ。……この〈箱〉の本質は、中を覗いた者に幸せな夢を見せ、魂と身体を閉じこめてしまうこと……夫はそれを知らず、ただ〈幸福の詰まった箱〉としか思っていなかったようですけれど」

「……知らなかった？　教えなかった、の間違いだろう？」

「正しい物の使い方でしょう。ネズミ取りを見たことはありますか？　金属の装置で、ネズミを挟みこんでしまうあれ……漫画らしく言えば、〈穴の開いたチーズ〉なんかが乗っていて、ネズミを誘いこむ、あれです。……この〈箱〉に詰めこまれた幸福って、つまり〈チーズ〉みたいなものなんですよ、きっと」

「ぼくは、五山一京にハメられたのではなく、すべては君の仕組んだことだったと……」

「まさか……私はただ夫から先生の話を聞いて、先生ならこの〈箱〉を組み立てられるかもしれない……と、そう言っただけ。箱の中の天国を求めて、先生を利用しようと決めたのは夫……………」

何がおかしいのか。

千波は、小さく笑ってみせた。

「この箱は〈蓋をする〉ことで完成するんです。露伴先生に途中まで組み立てさせ、夫は続きをまんまと自分の手で完成させようとした……その結果が、今です。私はせいぜい、夫の指示で紅茶に薬を入れたくらい。遅効性ですから、一杯目に手をつけられていなかったときはどうしようかと思いましたけれど」

「喋りすぎだ……余裕も、過ぎれば油断になるんだぜ」

露伴は、不自然な眠けのことを思い出していた。

「それに、まんまと引っかかっておいて言うのはシャクだが、ずいぶんと運まかせの計画じゃあないか？　ミステリだったらボツを食らうプロットだね」

「そう……途中まで箱を組み立ててもらって、オイシイところはいただいていく。企みとも呼べないような、ずさんな計画。ある意味では運試しだったのかもしれない……けれど、結果は私の愛に味方してくれた。それって……きっと運命に認められた正義なんだわ……」

〈箱〉を撫でていたその手が強張り、筋が浮く。

白磁のように艶めかしく美しいと思われたその手が、今は爬虫類のように見える。

「私は、夫を愛していた………今だって愛している。夫と出会ったとき、パズルの欠片がピタリとはまるような運命を感じたわ。……わかる？　片割れを見つけたような安心感。

それは女としての至上の幸福……だった、、、」

既に千波は、ひとりの世界に入っていた。

彼女は自分自身で、心を箱に閉じこめているかのようだった。

そして——、

「先に裏切ったのは、夫ッ！」

豹変した。

五山千波の眉間に、瞬時にヒビが入ったように見えた。整った顔だけに、その表情が歪んだ感情を映し出した姿は、ひどく恐ろしい。

「最初は順風満帆だったわ。幸せの絶頂ッ！　結婚のことをゴールインだなんて言うけれど、まさにそのとおりだと思えた。私はこの人と共に過ごすために、これまでの人生を歩いてきたのだと……ようやく収まるべき場所に収まったのだと、そう思えた」

「………………」

「朝食に焼きたてのパンとソーセージ、氷につけたピッチャーからオレンジジュースを注いであげると、夫は喜んでくれたわ。あの人は少し子供っぽいところがあって、好物を見るとまるで誕生日の少年のようにキラキラとした笑顔を見せてくれた……あの瞼が二度、すばやくパチパチッとするところなんか可愛くて可愛くて」

「……その話、長くなるのォ？」

「けれど幸せは、そうね、まるで太陽が少しずつビルの向こうへ沈んでいくように、翳りを見せはじめたわ……夫は私に〈待つ〉ことを求めるようになったの……最初は一日。それが二日、三日。ずるずると……仕事が夫を縛りはじめた。最初は耐えた……そうね、耐えられたの。けれど、それにも限界というものがあるでしょう？」

「知らないよ！　聞くなよ、ぼくにッ！」

「私には、この身体を焦がすほどに、燃え盛る愛情がたぎっているのにッ！　愛情は〈炎〉ッ！　あの人がともしたッ！　知っているはずよ！　あの人は〈加害者〉！　私を虜にしてしまった悪い人なのッ！　だから〈責任〉がある、そうでしょう⁉」

「だから聞くなって！　わかるわけないだろう、ぼくのほうを見るんじゃあない！　なんでこの期に及んで君たちの屈折したノロケを喰らうハメになるんだ⁉」

「なのにッ！　この家だって、ふたりが安らかに愛し合えるように買ったのよ⁉　六千万も出した、愛の巣！　あの人が一年のうちに何日、この家にいてくれたと思うッ⁉」

　ゴツッ。

　千波が、箱を殴る。

「……愛していれば愛しているほど、あの人のいない時間、あの人のいない空っぽの家で吸う空気は、私にとっては毒ガスのようだった……なのに、あの人はどこで取引があるだとか、どこに壺を探しにいくだとかッ！」

千波が、箱を殴る！

「挙句の果てに、母親が入院したから里帰りするですって？　いつ帰る？　って聞いたら『一週間程度ですます』って？　ふざけんじゃあないよッ！　その間に〈結婚記念日〉が挟まるのに！　そもそも、一分一秒でも離れちゃあいけないんだよッ！　〈夫婦〉なんだから当たり前だろこのマザコンヤローがッ！　どうして私を連れていこうともしないんだッ！　オイ!?　聞こえてんのかッ!?　どうしてそんな当たり前のこともわからないんだよテメエはァァァァァァァァァァァッ～～～～～～～～～！」

箱を殴る！

殴る殴る殴る殴る殴る！

殴る殴る殴る殴る殴る殴る殴る殴る殴る殴る殴る殴るッ！

聞いてもいないのに、ひとりで語り続けるうち、どんどんと熱が上がっていく。きめ細やかな手の甲の皮膚が剝がれ、その下のグロテスクな赤い肉が露わになっていく。

「おいッ！　その中に五山がいるんだろう？　ぶっ壊して死んじまったらどうするんだ！」

「……ぶっ壊して？　いえ、心配ないわ」

突然回路が切り替わったように落ち着いた千波は、露伴の目にはもう、尋常な人間としては映っていない。

「この〈箱〉が壊れるわけないのよ……代々伝わってきたこの〈箱〉は、蓋さえしてしまえば開くことはない……外からも内側からも、普通ならば開くことはできない……そういう〈箱〉のはずだった。ただ、私が見つけたときにはもう砕けていた………この〈箱〉を危険だと思った、特別な人間が砕いてしまったからと言われているわ」

千波の唇が、笑みの形に歪む。

それは牙をむくようにも見える表情だった。

「けれど、貴方(あなた)が組み立ててくれた……。夫が貴方と知り合わなければ、夫から話を聞いて、貴方が特別な人間かもしれない、と知らなければ、この機会は訪れなかった。本当に……感謝しています」

露伴は眉をひそめ、千波は笑った。

決定的に通じ合えない相手だと、感じられた。

「もちろん、先生を巻きこんだことは申しわけなく思っていますの。だから、お詫(わ)びと言ってはなんですが……夫の取り扱っていた商品を持っていってもらってかまいません」

「なんだと？」

そこで、露伴の表情は明白に変わった。

千波はそれに気づかなかった。…………結局のところ、彼女の瞳は、露伴を見てもいなかったのだから。

「……持っていけ、と言われて、ハイそうですかと言えるほど安い商品を、あの男は扱っていなかったはずだ。君にもある程度、見る目があるって言ってたぜ。わからないはずはないんだがな」

「それはもちろん、教養はあります。けれど、他人の作った美は、あくまで他人の作った美なんです。……夫はこのとおりですし、私にとっても必要のないものですから……先生なら、価値のわかるものばかりなのでしょう？　夫はあれらを、ずいぶんな高額で売りさばいていたはずです。それをタダで差しあげるのですから、お礼としては十分――」

「………五山一京は、正直言って、友人としてはつき合いたくない男だった」

空気を、ぴりぴりと震わせる。

露伴の声は、そういう響きに染まっていた。

「いつも腹に一物抱えていて、人を出し抜こうと考える……。言葉巧みに、高額な売買を成立させる手際は詐欺師スレスレと言ってもよかったな。現に今日も企みを持ってぼくを呼び、結果はこのとおりだ」

「妻として、申しわけないとは思っていますわ」

「だからそんな男の夫婦生活がどうとか、家庭の事情がどうとか、べつに興味はない。巻きこまれたことにだって迷惑という感情だけしかない。だが…………」

露伴の瞳が鋭くなっていく。

決別を示そうとする、闘志がわいていた。

「彼は〈商人〉としては認められる男だった。商品に敬意を払い、丁重に扱う。購入した商品は常に最高の状態だった……決してまがい物や、いい加減な商品を掴ませて金をむしろうとしない、プライドを持った男。金にはうるさいが、そこには高潔な精神を感じた」

「夫を褒められることは、妻としても喜ばしいことです」

「だからこそ、ぼくは……正直いけすかない相手だったし、人格に好ましいところはまったくなかったが……だから、言いたかないがな。商人と客という間柄には〈信頼〉があった。商売という〈信頼〉――」

千波は、ぱちぱちと瞬(しばた)くだけだ。

露伴の言葉は、続く。

「今、お前はそこへ土足で踏みこんだ。苛立ちにまかせて、理解もなくッ！」

千波は、その言葉の意味がわからない。

「……それが何か？」

「今のぼくは、とてつもなく気分が悪い」

露伴は、既に千波を見ていなかった。

「五山一京」

ただ真っすぐに、その〈箱〉へ。〈箱〉の中の五山一京へと語りかけていた。

「…………無駄ですよ？　この〈箱〉は完璧なんです。完全にこの世とは切り離された、幸福の空間。たとえ声が聞こえたとして……中に溢れる、幸福な夢に浸っている人間には、決してどんな言葉も届かない……そう、夫は今、〈天国〉にいるのですから」

「そうかな？　…………ぼくには〈天国の扉〉を開く鍵がある」

千波の表情が、明白に変わった。

露伴の言葉に、千波は確固たる自信を感じた。露伴の表情が、その態度が、千波には理解不能な領域から出てくるものなのだとわかったときには、露伴は次の言葉を紡いでいた。


「五山一京――今、君の目には何が見えている？」


投げかけられたのは、質問。

その質問こそが、鍵だった。

「…………………………見える…………………」

「………ッ!?」

たしかに、〈箱〉から声がした。

それはありえないことであったし、異常な事態だった。千波の動揺が、それをありありと物語っていた。

聞き覚えのある声。もう二度と聞くことはないと思っていた声。

〈箱〉から、声は聞こえ続ける。

「…………今は、ただ……妻の笑顔だけが、見える…………優しい、顔だ……私の愛した笑顔……とても、素敵な……」

「それが、君が〈箱〉に求めた幸福か？　正直……あんまりそういう答えは期待していなかったんだが」

「そうだ……私は、妻を愛していた……。けれど、妻は変わっていった……。愛は執着に……思いやりは、依存に……。ダメだと思った……そんな妻に応えては……私たちは、ふたりともダメになってしまうと……」

　それを遮るように、千波は箱を抱えこんだ。

　まるでかみつくような顔で、露伴を睨む。千波にとって、状況は完璧だったはずだ。密閉された箱のように、物語は完結していたはずだ。

　その完結が、綻びようとしている。

「何を……何をしているのッ!?　喋れるはずがないのよッ！　〈箱〉の中と、会話などできるはずがッ！」

「〈ヘブンズ・ドアー〉。ぼくが五山一京と取引を行うのにかけていた、保険だ」

「……なんですって？」

「彼もまた、今回のようにあの手この手でぼくをハメようとしていたからな……対等な取引を行うために、使わせてもらっていた。ぼくが〈箱〉を組み立てられる、特別な人間だったというなら……おそらくはこの力が〈箱〉と惹かれ合ったのが原因。なら……この力が〈箱〉に干渉できてもおかしくはない、そうだろう？」

「何を言っているのかわからないわッ！　わかるように説明しなさいッ！」

「なあに、大したことはしていない……ただ、五山に書きこんだだけだ。〈岸辺露伴の質問には必ず答える〉ってな。……ウン百万の取引だってするんだ、このくらいするさ」

五山は、露伴を謀（たばか）った。

しかし五山は、露伴に嘘だけはつかなかった。

嘘のない関係。嘘をつけない関係。

手段を選ばない、強制的な信頼。

「……〈箱〉を完成させれば……戻れると思った。出会ったころの……幸福だったふたりに戻れると……」

「あ……あ、ああ……」

「あはは……でも今は、こんなにも……彼女の笑顔があふれている……。幸福だ……私は、とても…………」

「あ…………ああああ…………やめてッ！　やめなさいッ！　その〈箱〉の中の私に微笑むのはやめてッ！」

「少し早いけど……明日が何の日か、覚えているかい？　君を驚かせようと思って……

〈結婚記念日〉。プレゼントを、用意したんだ……きっと、君に似合うと……」

「ここなのッ！　私はまだここにいるのッ！」

千波はがりがりと箱をひっかきはじめた。

ずいぶんと割れやすそうな材質に見えるが、殴ってもひっかいても、びくともしない。

それはそうだろう。さきほど千波自身が言ったことだ。

五山の目には、幸福が見えていることだろう。

彼の求めた、もはや遠い記憶の中にしかなかったであろう、心からの妻の笑顔。しかし
五山は見えていない。現実の妻が、笑顔とはほど遠い顔を浮かべていることを。

「あなた！　やめてッ、違うッ！　私はここッ！　それは違うッ！　違うのッ！　こっち
を見てッ！　こっちを………」

「……愛しているよ、千波」

「私を見てえええええェ～～～～～～～～～～～～～～～～～～～～～ッ！」

未だ続く哀れな絶叫は、既に露伴には届いていなかった。

「…………あの女とはまったく関係ない幸福でも見ていれば、『君の愛とやらは独りよがりだったな、ザマーミロ！』とでも言うつもりだったんだが……五山一京、思ったよりも筋金入りだったな。意外なことだが……」

さっさと部屋をあとにし、外に出た露伴は、夕焼けに染まる道を五山家を背にして歩いている。

休日を潰して赴いたというのに、まったくの骨折り損だった。

買い物をしたわけでもないし、結局手ぶらで帰るはめになっただけ。露伴からしてみれば無駄足もいいところ、と言っていいだろう。

「せめてＣＤや漫画くらい持ってこれたなら、あの〈箱〉とやらの評価もまた違ったんだが……まあ〈箱〉そのものはネタになるかな。しかし――」

幸福。

それは言葉にすれば短いが、一概に説明できるものではない。

あの部屋で見たものすべてが、露伴にとって本当に幸福なものなのか。

少なくともタネを明かされた今となっては「これが君にとっての幸福だろう、ハイどうぞ」と差し出されたものを喜んでやるのは癪だった。

まんまと睡眠薬を盛られて……どこまでが、〈箱〉の見せたものだったのか。今となっては知る由もない。

「それにしても……面倒くさい夫婦だったな。夫も変人なら妻も大概じゃあないか。いや、だからこそ惹かれ合ったのか？　それにしては悲惨な結果になったが。愛し合ってりゃ上手くいく、って単純な話じゃあないんだろうけど、さっぱりわからない……。どういうもんなんだ？　夫婦ってどこもあんなもんか？」

……五山夫婦は、愛し合ってはいたのだろう。

ただ、それぞれが求めた幸福の形は、悲しいほどにすれ違っていた。

「べつに恋愛とやらを全部否定するつもりはないが……やっぱりぼくには縁遠いな。結婚までしておいて、あんなにも求める幸福が違うものなのか……？　人の内面なんて、それこそ〈ヘブンズ・ドアー〉でもなければ覗きようがないってのに」

すれ違い、ぶつかり合い、泥沼に陥っていく。

そんな人間関係はごまんと見てきたつもりだ。今回は、その一例だ。

しかし、それでも奇妙な折り合いを見つけて、驚くほど上手くいっている関係もある。

露伴が珍しく友人と慕う少年は、まさにそれだ。

すれ違う。噛み合う。

その境界線はどこにあるのだろう。

それはそれで、漫画の題材としては興味深い問題かもしれない……。

「……ああ、無駄足の休日かと思ったが、ひとつ収穫があったな」

いろいろ考えてみたが、少なくともひとつ。

確信として得られたものはあった。

「結婚は、しばらくごめんだ」

夕柳台
宮本深礼

天色（あまいろ）という色がある。雲ひとつない快晴の空を思わせる鮮やかな青色のことだ。

青色には緊張をほぐし、集中力を高める効果があるという。仕事に詰まった漫画家が机を離れて外に飛び出すのは、原稿を催促する編集者から逐電するためでも、アシスタントの呆（あき）れた眼差（まなざ）しから逃れるためでもない。吸いこまれるような天色を目にして素晴らしい〈アイデア〉を得るためなのだ。

漫画家である岸辺露伴（きしべろはん）も御多分に洩（も）れず、天色の空の下で公園のベンチに座り、スケッチブックを広げていた。

「……やはりいいな。外は」

柔らかな陽射しが心を温め、緑の香りが鼻先をくすぐった。

既にいくつもの〈アイデア〉を思いついていたが、露伴のさらなる目的は〈アイデア〉ではなく〈リアリティ〉を得ることにあった。次の読切作品に活かすべく、子供たちが公園で遊ぶ姿をスケッチしたかったのだ。

以前はカメラに収めていたのだが、昨今、子供たちの防犯意識は異常なまでに高まっている。大人が挨拶するだけで防犯ブザーを鳴らし、横を通り過ぎたら防犯ブザーを鳴らし、視界に入れれば防犯ブザーを鳴らす。カメラを向けるなど論外だった。

　その点、スケッチブックを介せば警戒されることなく子供たちの様子を記録することができた。今時の子供はどんな玩具に夢中になり、どう遊ぶのか。収穫は上々だ。

（ぼくが〈子供の頃〉は家で漫画ばかり描いていたが……他の連中はどんな遊びをしていたっけな……誰かが持ってきたボールをシェアして、蹴ったり投げたり転がしたりしていた気もするが。それと……そうだ。棒だ。手頃な長さの木の枝や棒っきれを見つけては、馬鹿みたいにはしゃいでいた）

　そして、この公園の子供はというと。

　誰かが持ってきたボールをシェアして蹴ったり投げたり転がしたり、手頃な長さの棒っきれで馬鹿みたいにはしゃいでいた。

　つまり変わらないということだ。今も昔も。いかに防犯意識が高まろうとも、子供たちはボールと棒っきれに夢中になる。そういう遺伝子でもあるのか。それとも馬鹿だからか。

（まあ、馬鹿だからだろうな）

　露伴がそう結論づけたとき。

　バイィ〜〜〜〜ンッ……

　飛んできたボールがベンチを直撃し、足下（あしもと）に転がった。じんわりと伝わる振動に顔をしかめていると、続けてなにか滑ってきた。棒っきれだ。

「すンませェ――――ん！　ボール投げてくださァ――――いっ！」

「あと棒も！　棒もォ〜〜!!」

悪びれもせず子供たちが叫んでくる。あと少しズレていたら、ベンチではなく人に当たっていたかもしれないのに。

露伴は彼らの顔をたっぷり数秒見つめたあと、足下に視線を落とした。

「これを投げればいいのか？」

子供たちが頷く。露伴はスケッチブックをわきに置くと、億劫そうに腰をあげてボールと棒っきれを拾いあげた。

「いいとも」

応じるや否や、露伴は公園に隣接する民家の庭にボールを投げ入れた。続けて棒っきれを膝でへし折り、〈くの字〉に曲がったそれも投げこむ。

「たしかに投げてやったからなッ！」

「ああああぁぁぁぁぁっ！」

口をあんぐりと開け、子供たちが絶叫する。棒っきれで遊んでいた子供は事の次第を理解できていないのか、ぼけーっと青っ洟を垂らしていた。

「いいぞ！　その表情が欲しかったんだッ！」

露伴は悪魔じみた笑みを浮かべ、彼らの表情を目に焼きつけた。今時の子供の仕草、所作、喜怒哀楽は見せてもらったものの、もうひとつ〈リアリティ〉のために必要な情報があった。〈深く絶望した顔〉だ。青っ洟の垂れ具合も悪くない。

「これでまた漫画に〈リアリティ〉を注ぐことができるよ。どうもありがとう」

駆けて行く子供たちを目で追うと、彼らはチャイムも鳴らさず民家に雪崩れこんでいった。家主のものであろう悲鳴が聞こえてくる。

「……さて」

防犯ブザーを鳴らされる前に帰るとするか。

そう思い、振り返ると——

「………?」

いつからそこにいたのか。

露伴が腰かけていたベンチに、ひとりの少年がいた。

年齢は六、七歳といったところ。座面で四つん這いになり、スケッチブックを覗きこんでいる。ペラペラと紙をめくるが、ラフなイラストを〈絵〉として認識できないらしく、不思議そうにページをいったりきたりしていた。

（なんだ？　この小僧……さっきの連中の仲間……って感じでもないよな。こんな奴いなかったはずだが）

片目を細め、少年を見下ろす。

「おい。なに勝手に触ってるんだ？　そのスケッチブックはぼくのだぞ」

声をかけるが、少年は一瞥（いちべつ）をくれただけで、すぐにまたページをめくりはじめた。

あからさまな無視。露伴はこめかみが引きつるのを感じた。

「この……ッ」

腰を落とし、少年に顔を近づけてからスケッチブックに指を突きつける。

「ガキすぎて言葉の意味がわかんなかったのか？　汚い手でベタベタ触るなって言ったんだ。その、スケッチブックに、触るんじゃあ、ない」

幼子に言葉を教えるように、一語ずつ句切って語りかける。そこまでしてようやく、少年は顔を上げた。きょとんとした表情で目をぱちぱちと瞬（しばた）かせている。

「…………」

露伴は少年と見つめ合ったまま、じっと待った。何時間でも待つつもりだった。

この少年が〈謝罪の言葉〉を口にするまで。

無為な時間ではあったが、露伴から折れるつもりは微塵（みじん）もなかった。

この少年はどう謝ってくるのだろう。露伴は想像した。やはり子供らしく〈ごめんなさい〉か。それとも親にしつけられていて〈申しわけございません〉か。自分の愚行を恥じるあまり、赤面して顔を伏せるだけという可能性もある……もちろん、どれであろうと許すつもりはなかったが。

見つめ合っていた時間は一分ほど。

結局、少年は――

なにも言わず、スケッチブックに視線を戻した。

「おいッ!!」

思わず声を荒らげ、少年の胸ぐらに手が伸びる。そのときだ。

「ケンちゃん！ なにしてるの！」

見知らぬ女が叫びながら近寄ってきた。おそらく、この少年の母親だろう。

女は一瞬、犯罪者でも見るような目で露伴を睨んだが、少年が眺めているスケッチブックに気づくや、自分の想像が早合点であると理解したようだった。

「まあっ……！」

少年の腰に手を回し、しゃんと座らせてから、女は頭を下げた。

「すみません、うちの子が勝手に……ほらケンちゃんも。お兄ちゃんに〈ごめんなさい〉しなさい」

ぺこりと、少年も頭を下げる。

「…………むう……」

どうしたものかと露伴は唸った。出会い頭の女の眼差しは、はっきり言って気に食わなかったし、少年に至っては既に不愉快を極めていた。けれど、揃って謝られているこの状況で怒鳴り散らすのは……さすがに人目が気になり、自重する。

「いや……いいんだ。気にしないでくれ」

他にかける言葉もなく、それだけ言う。もはやこんな親子に時間を割くよりも、先ほど見た〈深く絶望した顔〉をスケッチしておくほうが大事だった――が。

「まあっ！」

女は先ほどとは異なるイントネーションの声を発し、露伴の指先からスケッチブックをかすめ取った。

「あッ⁉」

慌てて声をあげたが、女は止まらなかった。無遠慮にページをめくり、目を丸くしたり、首を傾げたりしている。

「よく見たら、とっても……その、個性的？　と言えばいいのかしら。味があるというか……よくわからないんですけど…………そう。お上手！　ひょっとして、漫画とか描かれてたりするんですか？」

（こ、こいつ……）

やはり怒鳴って追い払えばよかった。

（なに勝手に見て無難な評価を下してるんだ？　味があるってのは〈他に褒めるところがない駄作〉につけるコメントなんだぜ？）

それが〈漫画〉に対する感想であったなら露伴は激昂していただろうが、女が見たのはあくまで〈スケッチ〉だ。とはいえ、価値観の合わない奴と話を続ける義理もない。

露伴は早々にその場から立ち去ることにした。

ため息をつき、スケッチブックを返してもらおうとしたとき。

「漫画家の先生なら、不思議な話をたくさん知ってますよね。アタシにもひとつ、不思議な話があるんです」

ぴたりと、露伴の手が止まる。

「なんだって?」

「ですから不思議な話があるんです。漫画にしたならきっと……収入でビルが建ちます」

「いらないよ、ビルなんて。金のために漫画を描いてるわけじゃあないしな。でも……不思議な話って言ったか? 卵を割ったら黄身がふたつありましたとか、猫が一〇匹も子猫を産みましたなんて話じゃあ、どうネタにしたってビルは建たないぜ」

露伴は鼻で笑ったが、女は笑わなかった。

少年の隣に腰かけたまま、真剣な顔で露伴を見上げている。

「……マジで建つような話なのか?」

露伴も表情を正した。

彼にとって金や名声などどうでもよかった。肝心なのは〈それほどまでに不思議な話〉

なのかどうかということだ。

（お喋り好きの女がどこかで仕入れた話を語りたいだけ……それなら用はない。穴でも掘ってそこに叫ぶがいいさ。だが……もしその話がこいつ自身の体験談なら……）

そこには濃密な〈リアリティ〉が詰まっているはずだ。

「すみません、ビルは言いすぎました……でも、不思議な話というのは本当です。よかったら聞いてくれませんか。もう終わった話ではあるんですけど、この子にとっては……そうじゃないんです」

そう言って、少年の肩を抱く。

「………」

スケッチブックが差し出される。露伴は黙ってそれを受け取った。

〈深く絶望した顔〉を描くのも忘れ、早々に立ち去る決意も忘れ、露伴は女の目を見つめた。彼女の目は〈お喋りで時間を潰（つぶ）そう〉だなんて、つまらないことを考えている主婦の目ではない。もっと真剣な、誰かに語らないと押し潰されてしまいそうな、深い闇を抱えている目だった。

「いいだろう……」

少年を挟む形で、露伴はベンチに腰を下ろした。

「あんたの話に興味が出てきた。ほんの少しだがな」

女の顔が、パッと明るくなった。

「どこからお話しすればいいのか……

夫の仕事の都合で、アタシたちは一年ほど前に杜王町に引っ越してきました。駅の西側、山手のほうにある住宅地〈夕柳台〉に一軒家を借りて。

素敵な場所でした。とても静かで、虫の鳴き声ひとつ聞こえないぐらい。ここなら家での仕事が捗ると夫も喜んでいました。この子は……同年代の友達がいなくてツマラナイ、って文句を言ってましたけど。近所にはお年寄りしかいませんでしたから。

不満があるとすれば家の近くの公園……でしょうか。なにひとつ遊具が置かれていなくて、公園というより砂地の広場といった感じで。そのうえ鉄柵と柳の木に囲まれているせいで閉塞感が凄いんです。柳って上に伸びたあと、枝先がだらんと垂れるじゃないですか。それが空に蓋をする感じになっちゃって、昼間でも薄暗くて。

それでも、この子にとっては貴重な遊び場です。手頃な長さの棒っきれを見つけては、探検隊ごっこをしてはしゃいでいました。

けれどあの日……夕飯の買い物をした帰り、いつものように公園に立ち寄ったんです。

この子は手頃な長さの棒っきれを拾って、探検隊のリーダーになることを宣言しました。その日の目標はたしか〈ベンダラ星人〉を見つける……だったと思います。その頃、テレビで特撮ヒーローの番組が放送されていましたから、影響を受けたのでしょう。

仮に〈ベンダラ星人〉がそこにいたなら、町中が大騒ぎになっていると思うのですが、そんな野暮は言いません。気がすむまで探させようと思い、アタシは携帯をいじりながら待つことにしました。

どれぐらい経ったころか……突然、本当に突然、公園がしん——と静まり返ったんです。まるで水の中に潜ったみたいに。さっきまでこの子が〈ベンダラ星人〉を呼び出す儀式だと言って、藪をつついたり、鉄柵をカンカン鳴らしたりして騒がしかったものですから、その静けさは殊の外際立っていて……ちょっと不気味なぐらいに。

柳の枝がやけに大きな音を立ててました。風も吹いていないのにザザッ……って。木の上をなにか通ったような気がして、アタシは顔を上げたんです。稲穂のような枝の隙間から茜色の空が見えるだけで、何もいなかったんですけど……

そのときです。誰かが足にしがみついてきたのは。

いきなりだったものですから、もう少しで悲鳴をあげるところでした。

見下ろすのが怖い。そう感じたのを覚えています。木の上にいた〈なにか〉が後ろに回りこんで、飛びついてきたんじゃないかって。

恐る恐る足下を見て……胸を撫で下ろしました。しがみついていたのはこの子だったんです。でも、安堵の気持ちはすぐに消し飛びました。だって、この子も……今まで見たことないぐらい、怯えた顔をしていたんです。びっくりしたとか、ぎょっとしたとか、そんなありきたりな表情じゃありません。深夜に庭石を踏みしめる音を聞いて浮かべるような、はっきりとした〈怖気〉の表情でした。

この子は震えながら、ある一点を指さしました。

何もない公園ですから、具体的にどこを、というのは説明しづらいんですけど……ちょうど公園の真ん中あたり……だったと思います。

『そこで変なお猿さんがにたにたしてる』

この子の呟きで、アタシは木の上を伝う〈猿〉の姿を思い浮かべました。でも、指さす先を見ても〈猿〉なんていません。当然ですよね、住宅地なんですから。いるはずもないんです、〈猿〉なんて。

疲れているみたいだから早く休ませないと。アタシはそう考えて、すぐに公園をあとにしました。自分では意識していなかったのですが、よほど強くこの子の腕を引いていたみたいで……家につくまで、この子はずっと『痛い痛い』とぐずっていました。

次の日、朝食のあと片づけをしていると、この子が『庭で遊ぶ』と言ってきたんです。

正直、ホッとしました。あまり公園には近寄りたくありませんでしたから。それに家の庭で遊んでくれるなら、家事をしながら様子を見ることもできますし。

洗濯機を回しているあいだ、庭からは、ばむんっ、ばむんっ……とゴムボールの弾む音が聞こえていました。隣家との境に塀があったので、そこにぶつけていたのでしょう。

洗濯物を干すために庭に出ると、跳ね返ったゴムボールが沓脱石のところまで転がってきて……アタシは洗濯カゴを縁側に置くと、それを拾うために屈んだんです。

そのとき、嫌な予感がしました。予感というより、悪寒といったほうが正確かもしれません。なんだろうな、ってゴムボールを拾いつつ顔を上げてみたら……この子、塀の上を見つめて震えていたんです。

もしかして、また……

前の日と同じ、怯えた表情でこの子が振り返りました。そして前の日と同じように、塀の上を指さして言うんです。

『変なお猿さんがにたにたしてる』って。

でも……

前の日と違う点がひとつありました。

この子の指が動いたんです。塀の上を動く〈なにか〉を追うみたいに、つぅ――と。

それがなんというか……一気に動かしてはピタッと止まる、緩急差の激しい動きで。まるで……そう。ゴキブリの動きに近いかもしれません。カサカサカサ、ピタ……カサカサ、ピタ……って。

嫌な想像をしてしまったと後悔したとき、この子の指が塀の上ではなく、庭をさしたんです。

塀から下りた〈なにか〉がどんどんこっちに近づいてきている。

そう気づいた瞬間、アタシはこの子を抱えて家の中に駆けこみました。

幸い、家に入ったらこの子も落ち着いたのですが、二日続けて見えない〈猿〉に怯えるなんて普通じゃないと思って……アタシも不安になり、夫に相談してみたんです。だけど夫は、

『遊び相手がいない子供は空想上の友達を作ってしまう。自分にも覚えがあることだ』

そう言って真剣に取り合ってくれませんでした。

空想上の友達に怯えるとは思えないんですけど、アタシ自身、見えない〈猿〉への回答が欲しかったものですから、そういうものか……と納得してしまったんです。

また〈猿〉が見えるようならお医者さんに診てもらおう。

そう考えているうちに、数日が経ちました。

その日はこの子の好きなアニメが放送される日で、朝からワクワクしていました。放送は六時からだというのに、五時過ぎからテレビの前に座り、ちらちらと時計を確認するような有様で。

いざ放送が始まると、この子は大声で主題歌を歌いはじめたんです。〈猿〉の一件以来ふさぎこむようになっていましたから、ようやく元気になってくれたみたいで、アタシも嬉しくって。特別にお菓子を用意してあげることにしました。この子が大好きなチョコレートケーキと、甘いココアを。

ところが、冷蔵庫を開けに台所に向かうと、

『あ……っ』

不意にこの子が声をあげました。主題歌が終わったわけではありません。まだテレビの中では、カラフルな格好の主人公が跳びはねていましたから。

ギシギシと関節の軋む音が聞こえてきそうな動きで、この子は天井を見上げて……たちまち顔から血の気が引いて、ズボンの裾から水が滴りました。立ったまま失禁したんです。足下にみるみる水溜まりが広がっていって……

慌てて駆け寄ろうとしました。けど、アタシが一歩踏み出すよりも早く、

——ドスンッ——

なにかがこの子に覆い被さりました。いえ、見えたわけではありません。ただ、誰かに組み敷かれたような動きで、この子が仰向けに倒れたんです。

『やあああッ！ 猿ッ、猿がァ！ 猿があああァァッ!!』

目を見開き、恐怖に引きつった顔で、この子は絶叫しました。

倒れてから抱き起こすまで、五秒とかからなかったと思います。この子は白目をむいて壊れた井戸のポンプみたいに泡を吹いていました。口の周りが真っ白になるぐらい、次から次へとブクブクブクブク……

そのあとのことはよく憶(おぼ)えていません。

気がつけば病院の長椅子に座り、夫に手を握られていました。

先生からは『命に別状はない』と言われましたが……それ以降、この子は口が利(き)けなくなってしまったんです。

アタシは〈猿〉を見ていません。けれど本当に、その土地には不気味な〈猿〉が存在しているんじゃないかと考えるようになり……ちょうど同じ時期に下の子の妊娠がわかったものですから、子供たちへの影響を考えて、そこを離れることにしたんです。

杜王町のはずれにある〈夕柳台〉から……」

喋り疲れたのか、話を終えた女は深々と息をついた。

「…………」

露伴は黙したまま少年を見やった。

——この子は口が利けなくなってしまった。

女が語ったとおり、出会ってから一言も少年は喋っていない。おそらくは〈夕柳台〉で遭遇したという〈猿〉が原因で。

「それでですね……」

女が上目遣いにこちらを見る。

「先ほど言ったとおり、漫画家の先生なら不思議な話をたくさんご存知でしょう？　なにか似たような話を聞いたことはありませんか？　この子が言葉を取り戻すきっかけになるような……」

「きっかけ、ね」

頰杖をつき、露伴は目を伏せた。〈猿〉にまつわる逸話は世界各地に残されている。〈西遊記〉の孫悟空や〈ラーマーヤナ〉のハヌマーン。日本においては〈桃太郎〉や〈猿蟹合戦〉などがお馴染みだろう。人身御供を求める狒々や、女子供をさらう大猿を旅の武芸者が退治する——そういった昔話は枚挙にいとまがない。

しかし〈口を利けなくする〉〈言葉を奪う〉といった類の話は聞いたことがなく、露伴はかぶりを振った。

「悪いが……心当たりはないな」

「そうですか……」

傍（はた）から見てわかるほど、がっくりと女の肩が落ちる。彼女が漫画家という職業をどう思っていたのかは知らないが、よほど期待していたのだろう。

「そんなことより――」

露伴が言いかけたとき、公園の入り口から声が聞こえてきた。誰かの名前を呼ぶ声。どうやらそれは女への呼びかけだったらしい。彼女は「あっ」と呟くと、すぐさま腰を上げ、足早に駆けていった。

そちらを一瞥する。ベビーカー連れの母親グループが輪になっていた。

女はベビーカーのひとつから赤ん坊を抱き上げると、腕の中であやしはじめた。露伴は彼女の言葉を思い出した。下の子の妊娠がわかった――と、たしかそう言っていた。

（あの女、赤ちゃんをほっぽり出して長話してたのか）

べつにそれでもかまわないが、どうせならもう少しつき合ってほしかった。露伴はこう言いかけたのだ。そんなことより〈猿〉についてもっと詳しく教えてくれないか。

もっとも、彼女は〈猿〉を目撃していないそうだから、たいした話は聞けないだろうが。

唯一の目撃者である少年は隣にいるものの、喋れないのではどうにも……

（……いや？）

露伴は思い直し、少年に声をかけた。

「なあ、坊や。ケンちゃん……だったか？　ケンタくんだかケンジくんだか知らんが……

ま、べつにどっちでもいいよな」

　返事はないが反応はあった。ケンちゃんのくりっとした瞳が露伴に向けられる。

「よかったら、ケンちゃんが見たっていう〈猿〉……どんなヤツだったのか、これに描いてみてくれないか？」

　スケッチブックと鉛筆を両手に持ち、ケンちゃんへと差し出す。彼にとってトラウマであろう〈猿〉を描かせることに罪悪感はあったが、好奇心のほうが勝った。

　手っ取り早く〈ケンちゃんの記憶〉を覗く方法もあったが、昼日中の公園で目立つ真似は避けたかった。もちろん、彼が〈猿〉を描きたがらなかった場合はそれも辞さないが。

　だが、露伴の懸念をよそに、ケンちゃんは素直にスケッチブックと鉛筆を受け取ってくれた。

「……ありがとう」

　礼を言い、ケンちゃんの〈お絵かき〉を見守る。稚拙な描き方だが、線に迷いがない。白紙のページがみるみる埋まっていく。

「ケンちゃーん！　そろそろ帰るわよー」

　ケンちゃんの手が止まるのとほぼ同時、母親の声が届く。彼は出会ったときと同じく、何も言わずに露伴の元から離れていった。

　露伴もまた別れの挨拶をすることなく、残されたスケッチブックをじっと見つめていた。

（これが……〈猿〉だって……？）

子供に写実的な絵を期待していたわけではない。しかしそれでも、そこに描かれていたのは露伴のよく知る〈猿〉ではなかった。

手足は蜘蛛のように細長く、肩や股関節の構造を無視して窮屈そうに折れ曲がっている。地面を舐めるように這いつくばる姿は、どちらかというとコオロギやバッタに近い。そのうえ——露伴はケンちゃんに鉛筆しか渡さなかったことを後悔した——全身が〈黒い〉のだ。適当に塗るのではなく、白を忌避するかのように徹底的に塗り潰されている。

ただ……ひとつだけ白い箇所があった。

歯だ。

〈猿〉の口にあたる部分に三日月型の切れこみがあり、そこに白い乱ぐい歯が並んでいた。まるで〈にたにた〉と笑っているように。

（仮に〈猿〉だとして……〈にたにた笑う黒猿〉……ってところか）

ふと——

人の気配を感じて顔をあげると、目の前に少年がいた。ケンちゃんではない。先ほど露伴が棒っきれをへし折ってやった、青っ洟の小僧だ。

「なんだよ。何か用か？」

ぶっきらぼうに問いかけるが、青っ洟の小僧はぼーっとしているだけで何も喋らない。

いや——よく見れば、彼は何か紐のようなものを指に巻き、今にも引っ張ろうとしている。
その紐が繋がっている楕円形のプラスチックは……
ピイイイィィィィィ————ッ!!
それがなんであるか気づいた直後、防犯ブザーの音がけたたましく鳴り響いた。

天色とは打って変わり、空は茜色(あかねいろ)に転じようとしていた。無数のカラスが空を飛び交い、濁った鳴き声を撒き散らしている。
「まさか本当に防犯ブザーを鳴らされるなんて……くそッ! たかが棒だぞ? 折られたぐらいでそこまでするか? 普通……」
公園から走って逃げ出し、既に二時間が経つ。人目を避けるためにいくつかの裏路地を抜けて、露伴は今、杜王町のはずれにある坂道を登っていた。
騒々しいカラスの鳴き声に顔をしかめつつ、額の汗を拭(ぬぐ)う。フィールドワークには慣れたつもりでいたが、全力疾走したあと休みなく歩き詰めたせいで、足の裏とふくらはぎに鈍痛が貼りついている。とはいえ、目的地はすぐそこのはずだ。今さら音(ね)をあげる理由もない。

――かつて。

日本中が好景気にわいていたころ、杜王町でも都市開発が行われた。電線は地中に埋まり、不要になった電柱の大半が撤去された。町の景観は見違えるほど美しくなったが、それによって生じた不都合もある。そのひとつが住所表示だ。

都内では電柱に掲示された番地を頼りに歩くこともできたが、杜王町ではそうもいかない。案内板がある大通りならいざ知らず、住宅地のド真ん中で現在地を確認するには、スマートフォンの地図とにらめっこする必要があった。

（このあたりのはずだが……？）

緩やかな坂道を登りきると、こぎれいな住宅地に出た。

落ちかけの夕陽がやけに綺麗に感じられた。というのも、平屋の建物が多く、空が広く見渡せるためだ。そのことに気づいたのは、一軒ずつ横目で見ながら歩いているときだった。どの家も新しく、豊富な敷地を誇っている。

高台に位置するだけあって、道はどこも坂道になっていた。ボールを置いたならゆっくりと転がっていきそうな、僅（わず）かな傾斜。

緩やかな上り坂をしばらく進んだところで、緑色のクロスが貼られた掲示板を見つけた。

「どうやら……」

掲示板に書かれた地名を確認する。

「ここで間違いないようだな」

夕柳台自治会。掲示板にはそう書かれてある。

〈夕柳台〉——その三文字を、露伴は改めて目で追った。

「漫画とは……」

誰に語りかけるでもなく、独りごちる。

「〈アイデア〉で面白くなるんじゃあない。漫画を描いたことがない素人だって、面白い〈アイデア〉のひとつやふたつ、思いつくのはわけないからな」

ゆえに、こんな面白い〈アイデア〉を思いつけるならすぐにでもデビューできるはずだ——漫画家を目指す者は、まず初めにそう考える。それが勘違いであるとも気づかずに。

「馬鹿めッ！　重要なのは〈アイデア〉ではなく〈リアリティ〉だ。自分自身が見聞きした体験をネタにしてこそ、漫画は面白くなるんだよ」

だからこそ女が語る話に耳を傾け、〈にたにた笑う黒猿〉の手がかりを得た。

すべてはこの場所で、そいつの正体を確かめるために。

「……ン？」

ふと、掲示板に柳の枝が垂れていることに気づく。

地名の確認を急ぐあまり見落としていたのだが、掲示板の後ろに大きな柳の木が生えていた。一本だけではない。道路に沿って何本も。無数の枝がしだれる様は新緑の噴水のようで、散歩中にこんな景色が楽しめるのなら、ここいらの犬は運動不足とは無縁だろうな、と露伴は思った。

もう少し眺めていたい気もしたが、それよりも気になるものがあった。奥に広場が見えたのだ。

掲示板から離れ、広場の入り口を探して足を進める。柳の木に加えて、塗装の剝げた鉄柵と垣根が連なっているせいで、広場の様子はよく見えない。

鉄柵が一部分だけ途切れていた。中を覗いてみると、どうやらそこが入り口だったらしい。車止めのポールが置かれている。

「柳の木に囲まれた広場……もしかして、ここがあの女の言っていた公園か？」

露伴が呟くと、それに同意するかのように一陣の風が吹いた。周辺の柳がいっせいに枝を揺らし、ザ……ザザ……ッと乾いた音をたてる。柳の合間を縫って落ちた夕陽の灯が、消え入る炎のようにちろちろと揺れた。

女が話していたとおり遊具はひとつもなく、寂れた風景が広がっている。

風に巻き上げられた砂埃が足下を流れていく。人の気配は微塵もなく、緑に囲まれているはずなのにかすれた砂の色しか感じない。本当にただの砂地でしかなかった。

面積はテニスコートが二面入るかどうか。外から見ている分には柳も気にならなかったが、中に入ってみれば天蓋のようでたしかに鬱陶しい。

この公園で合っているのかどうか、露伴はスマートフォンの地図で周辺を確認してみたが、〈夕柳台〉にある公園はここだけだった。

「思っていたよりも狭いが、しかし……これぐらいのほうが〈にたにた笑う黒猿〉を探しやすくていいかもな」

露伴はスマートフォンをしまうと、まずは〈にたにた笑う黒猿〉がいないかどうか、茂みを探り、柳を見上げてみた。枝の隙間からぼんやりと茜色の空が見えるだけで、それらしき姿はどこにもなかったが。

ならば痕跡(こんせき)を探ってみるかと、地面に目をこらしたところ――

「ム？」

地面に一部、砂が薄くなっている箇所があった。靴の裏で砂を払うと、直径一〇センチほどの円形をしたコンクリートが露呈した。よくよく見渡してみれば、同じように砂で覆われたコンクリートがいくつも見受けられた。

「何かの穴を埋めた痕(あと)、か？」

誰かが〈にたにた笑う黒猿〉の痕跡を隠そうと、足跡を埋めたのかと思ったが、それにしては位置が規則的すぎる。ある箇所は一定の間隔に。別の箇所では長方形に。

「そうか……わかった。以前は遊具が置かれていたんだ」

ブランコ、鉄棒、スプリング遊具――これは、それらを撤去した痕だ。

初めてこの場所を訪れた露伴にも、遊具があった頃の光景をありありと思い描くことができた。だが。

「なぜだ？　土地を売りに出すわけでも、家を建てるわけでもない。どうして遊具だけ撤去した？　事故でもあったのか？」

ブランコや鉄棒から落ちた子供が大怪我をする。そんなニュースを露伴も耳にしたことがあった。

「とすると〈にたにた笑う黒猿〉の正体は、事故死した子供の怨霊……という可能性も出てくるか。子供の顔ってのは猿っぽく見えるからな」

悼（いた）みはするが怯（ひる）みはしない。幽霊が怖くて漫画が描けるものか。

「どうする。一度図書館に行って死亡事故の記録を調べるか？　いや……」

思い立ち、露伴はスマートフォンを手に取った。

連絡先から担当編集者の名前を選ぶ。図書館まで行く時間が惜しく、露伴は事故の記録調査を編集者に頼むつもりでいた。理不尽な頼みではあるが、次回の読切作品に活かせるかもしれないのだ。道理は通る。

コール音が一回鳴るか鳴らないかといったタイミングで、相手が電話に出る。

「……もしも――」

呼びかけようとしたところで。

こちらの声を遮って編集者が捲し立ててきた。ちょうど電話しようとしていたとかどうとか。早口でよく聞き取れない。まずは落ち着いて喋るよう、露伴は諭そうとしたが、

「は……？」

告げられた内容に眉をひそめる。

「読みきりの締切を……間違えて伝えていたぁ？」

電話口で誰か怒鳴っている。編集長の声だ。

先日の打ち合わせでは、来月が締切だと聞かされていたが。

「それで、本来の締切はいつなんだよ。うん。ああ…………なっ――」

がくりと、露伴の肩が落ちる。

「なんだ、一週間もあるのか……脅かすなよ。てっきり『実はとっくに過ぎてました』なんて言われるのかと……肝が冷える、って言葉あるだろ。それただの病気じゃあないのか、ってずっと思ってたんだが、マジで冷えるもんなんだな……ああ。四五ページなら五日で描ける。仕事の遅い奴と一緒にするな」

本当は三日もあれば描けるが、今はこの公園で何が起きたのか調べるほうが先だ。

なおも謝り続ける編集者の相手が面倒になり、露伴は適当にあしらうことにした。

「もう謝らなくていいよ……いいって。しつこいな。謝罪はいらない。代わりに、ひとつ頼まれてくれないか？　違う……原稿料の話じゃあない……杜王町のはずれに〈夕柳台〉

って住宅地があるんだが、そこの公園で過去に事故がおきていないか調べてほしい……そうだ。子供の死亡事故とか……ああ。遊具がすべて撤去されてるんだ」

瀕死の蟬みたいに惨めだった編集者の声が、徐々に明るくなっていく。眼前にぶら下げられた汚名返上の機会に、彼は勢いよく食いついてくれた。この調子ならさぞ張りきって調べてくれることだろう。

とはいえ。

取材を丸投げするなんて手抜きは露伴の信条に反していた。自ら事の真相をつきとめたときの驚きもまた、貴重な〈リアリティ〉に繋がるからだ。

露伴はポケットにスマートフォンを戻すと、自分の足で近所を回ってみることにした。遊具をすべて撤去するほどの事故なら、近隣住民がなにか知っているはずだ。犬の散歩や庭仕事をしている者……そういった連中から話を聞くのも悪くない。

そう考えて、公園から出てすぐに。

露伴は足を止めた。

「…………」

一五人から二〇人……大勢の老人が公園の前に集まっていた。

彼らは一様にぶしつけな視線を投げてきた。上から下まで、露伴のことをゆっくりと観察するように。視線が交錯しようと悪びれる様子ひとつない。

正直、かなり気分が悪かった。

露伴は黙って老人たちを見据えた。この状況でこちらから声をかけるのは、ひどく滑稽な気がしたからだ。

「アンタァ……〈夕柳台〉に新しく越してきた人かね？」

ひとりの老爺（ろうや）が前に出て言った。禿（は）げあがった頭に赤茶けたシミが点在している、世界地図みたいな頭をした老爺だった。

「いいや。ただの通りすがりだが……」

「そーかい。いやね、公園でブツブツ喋ってるにいちゃんがいるってんで、みんなして様子を見にきたのよ」

ヒヒヒヒ……と、老人たちの間でさざ波のような笑いが広がる。

（なるほどな。また不審者扱いされたわけか）

事情がわかったところで気分が悪いことに変わりはないが、こちらの心中を知ってか知らずか、世界地図の老爺は喋り続けた。

「〈夕柳台〉はね、素晴らしいぃぃ～場所じゃよ。とても静かでねぇ……」

静かと言われて露伴があたりを見渡すと、いつの間にかカラスの鳴き声が聞こえなくなっていた。〈夕柳台〉の坂道を登っている途中、あれほどうるさく鳴いていたのに。

「海手側……〈夕柳台〉より〈下側〉の土地じゃあこうはいかんよぉ。カメユーデパートの近くでたむろしようって若いのが、バイクをブーブーいわせて行き交ってんだからのぅ」

「ホントにぃ」

世界地図の老爺の言葉を継いだのは……老人の数が多くて誰だかわからないが、おそらく老婆だ。声の感じが婆さんだった。

「あたしゃ駅前から〈夕柳台〉に移ってきたんだけどね、〈下側〉の家じゃあ毎日毎晩もうウルさくてウルさくて……ここなら音も届かないし、安心して暮らせるよ」

「杜王港に沈む夕陽の美しさったらもう……あんな絶景、〈夕柳台〉でしか味わえないわよォ～～」

「ああ。高台にあるおかげで星が綺麗に見えるしな。〈下側〉じゃあ排ガスやらなんやらのせいで、星なんかまともに見えねぇだろ？　うん？」

「山が近いから空気もうまいんだ。〈下側〉の空気なんて、とても空気とは呼べんよ」

「煙草の煙でも吸ってたほうがまだマシだな。兄ちゃんも肺をやられてんじゃあないかい？」

「柳の美しさもたまらん。柳暗花明（りゅうあんかめい）ってやつさ。〈下側〉に生えているのなんて年中枯れてるような老木ばかりで……」

「栄養満点の樹液のおかげで、でかいクワガタやカブトがわんさと集まるし」

「〈下側〉のアホ共はあれじゃろ？　虫を飼うためにわざわざ金を払っとるんじゃろ？」

「あたしらみたいな年寄りのために家の段差が少ないのもいいよねェ。なんてったっけね……バ……バニア…………バニラフリ……」

「あんたねぇ。慣れない横文字を使うからそうなるんだ。正解はバリ……バリバリ……ともかく、役所のお偉いさんが推進してくれてんだ。ありがたい話さ」

老人たちが口々に言う。それは露伴に語りかけるというよりも、いかに〈夕柳台〉が素晴らしい場所かを、互いに褒め合っているかのようだった。

彼らの態度から露伴が感じ取ったのは、強烈な選民思想だ。〈夕柳台〉を格上とし、〈下側〉の土地を文字どおり格下と見る。見栄をはるというより、そう信じきっている。彼らにとって〈夕柳台〉以外の杜王町の人間は、すべて道理のわからぬ愚図ということなのだろう。

反論することもできたが、それよりも露伴には気になることがあった。

ひとしきり〈夕柳台〉を称(たた)えたところで、世界地図の老爺がこちらへと向き直る。

「はてェ？　もしやにいちゃんにも聞こえとったかの。〈夕柳台〉の良さが」

「……ああ。たっぷりとな」

老人たちの間で言い交わされた〈夕柳台〉の美点。

あの母親も言っていた。〈夕柳台〉は閑静な住宅地だと。たしかにそのとおりだ。車が走る音も、生活音すらもせず、騒がしかったカラスの声も届かない――が。

（夕暮れ時だぞ？　カラスの一羽や二羽、飛んでいるのが普通だろ。これは逆に……静かすぎるんじゃあないのか？）

なにか理由があるのか老人たちに尋ねようとしたとき。

キキイイィィイイィィイ――――ッ！

唐突に、金属音が鳴り響いた。

今までしんっ……としていたぶん、余計に耳につく。耳を塞ぎたくなる衝動に耐えながら、露伴は音の出どころ――坂の上を見やった。

「あれは……」

学生だ。帰宅途中であろう学生の自転車が甲高い音の発生源だった。カゴがひしゃげ、錆が浮き、見るからにボロボロのママチャリ。緩やかな下り坂だろうとブレーキをかけたなら、先ほどの騒音も然りだ。

どんどんこちらに近づいてくる。それに伴い、ブレーキの音も大きくなっていった。

「まったく……バイトでもして買い換えろよな」

露伴は毒づき、視線を戻すが、

「………!?」

柄にもなく、ぎょっとしてしまった。

ついさっきまで和やかに談笑していた老人たちが、揃いも揃って孫の仇でも目にしたような凄絶な表情をしていたのだ。

――学生が目の前を通過する。

老人たちも目で学生を追い、首の動きがぴたりと揃った。さながらテニスの観戦者のように。

「ウルさい……ねェ」

「見かけんガキだな。ワシらの〈夕柳台〉を騒がせおって」

「クワガタでも捕りにきたのか?」

「これだから最近の若いのは……」

「すっ転べばいい」

呪いでもかけるように、ブツブツと。

直後。

学生が短い悲鳴をあげた。何かから逃れるように身をよじる。

自転車の運転中に――だ。

突然、強烈な力で殴りつけられたかのように、自転車の前輪を支えるフレームがひしゃげた。衝撃で学生も投げ出され、道路にうつぶせになって動かなくなる。

「おっ、おっ、転んだぞ」

老人のひとりが嬉しそうに言った。

「これでようやく静かになったよ」

「ホントだ。嬉しいねェ」

「ああ。ワシらの〈夕柳台〉はこうでなくっちゃあな」

各々(おのおの)の顔に笑顔が戻り、祭りのあとに訪れるような和やかな雰囲気が広がった。

ただひとり——蚊帳(かや)の外であった露伴を除いて。

「いったい……」

信じられない思いで露伴は呟いた。

「いったい何が起こった……？　あんたたち、あの学生に何かしたのか？」

「何もしとらんさ」

答えたのは世界地図の老爺だ。

「言ったろう。〈夕柳台〉は素晴らしいぃぃ～場所じゃて。これじゃよ。これこそが〈夕柳台〉の良いところなんじゃよ」

ヒヒヒヒ……と、再び老人たちの間でさざ波のような笑いが広がった。

（何もしてないだと？　あの学生はたしかに、何かを見て怯えた。そして、そいつに襲われて転倒したんだ）

胸の奥がざわめく。老人たちが学生に文句を言った直後、そいつは現れた。露伴には見えなかったが、そこに現れたのだ。

露伴の脳裏にひとつの存在が浮かび上がる。

――〈にたにた笑う黒猿〉――

女も言っていた。自分には〈にたにた笑う黒猿〉は見えなかったと。ならば今、露伴に見えなかったからとて、〈にたにた笑う黒猿〉の存在を否定する理由にはならない。

老人たちは〈にたにた笑う黒猿〉について知っているのか？

それとも、老人たちが〈にたにた笑う黒猿〉を操っているのか？

この場で確認する方法はひとつだった。

老人たちの記憶を――

「読ませてもらうぞ！　ヘブンズ・ドアァァァ――――ッ!!」

叫ぶと同時に、露伴の背後に小柄な少年が浮かび上がる。

人のようで人でない。彼の名は〈ヘブンズ・ドアー〉。

露伴がもつ不思議な力――〈スタンド〉だ。〈ヘブンズ・ドアー〉は相手を〈本〉にして、記憶を読んだり書き換えたりする能力を持っている。

露伴は老人たちを〈本〉にするつもりでいた。が。

シュッ――

視野の端を〈何か〉が横切った。公園の中だ。

「……えっ？」

すぐさま振り向くが、何もいない。

「なんじゃい。急に大声出しよって」

世界地図の老爺が苛立たしげに唾棄する。が、彼には取り合わず、露伴は公園を注視した。気のせいでなければ、なにか黒いモノが……地面を這ったように見えた。

露伴は手の甲で汗を拭うと、一歩ずつ公園へと近づいていった。

ザザッ——ザァッ——！

公園に入って数歩も歩かないうちに、柳の枝が音をたてた。

反射的に音がしたほうを見上げるが、見えたのは柳の隙間から覗く暗赤色の空だけだ。

「おい、どこへ行く？　せっかく〈夕柳台〉について説明してやったのに、結局にいちゃんもあのガキと同類か。胸クソ悪い」

背中に老人の悪態が聞こえてくる。

「なんだいなんだい。騒ぐだけ騒いで、黙ってどっか行っちまったよ」

「年配の者に対する礼儀ってもんを知らんのか」

続けざまにブツブツと。

声のほうに視線を転じるが、柳と茂みが邪魔で老人たちの姿はもう見えなくなっていた。

「それに……へぶんずどあ、じゃとお？」

向こうにしてもこちらの姿は見えないはずなのだが……小言は続く。

「ややこしい横文字を使って……ああ、やだやだ」

「きっとあいつもあれだ。横文字を喋るのが格好いいと思うとる口だ」

シュンッ！

「――ッ！　またッ」

再び視野の端をかすめて、公園の中を黒い影が走り抜けた。

「くそッ！」

四方に目をやり、ぐるぐると視線を巡らせる。

うろたえる露伴を嘲笑うように、老人たちの文句が届く。

「これだから最近の若いのは……」

いい加減鬱陶しくなり『ちょっと黙っていてくれ！』と露伴は叫ぼうとし――

彼は息を呑んだ。

〈何か〉が後ろから肩に触れていた。

ゆっくりと肩に目をやる。かすかに見える、黒く汚れた指。

糞尿と汗の臭いが入り交じった獣臭が鼻をつく。

「………な………っ」

見知らぬ毒蟲が身体を這っているようなおぞましさに、心の奥底で警鐘が鳴る。首筋から背中にかけて不快な寒けが伝わった。

こめかみに汗が流れるのを感じながら、露伴は振り返った。刹那。

ガシィッ！

喉元に衝撃が走る。いきなり首を絞められたのだ。

「うげぇッ!!」

信じられない膂力で身体が持ち上げられていく。踵が浮かび、つま先が地面を削った。

「グッ……ぐうう……！」

顎を押さえられ、頭が仰け反っているせいで相手の姿がよく見えない。それでもどうにか相手を睨んで――露伴は目を見開いた。

「こいつ……はッ……!?」

公園の少年、ケンちゃんが描いた〈にたにた笑う黒猿〉のスケッチは的を射ていた。

蜘蛛みたいに細長い手足をした、地面に這いつくばる〈黒い猿〉――

だが惜しむらくは、それは〈猿〉ではなかった。

露伴の首を締めあげていたのは〈黒く干涸らびた老人〉だった。

衣服はまとっておらず、あちこちが腐り剝がれ、どす黒く変色した肌。

痩せ細った腕は異様に長く、四つん這いのままにも拘わらず、露伴の首を容易く締めあげている。脚もまた同様に細長い。〈への字〉に曲げられた脚は膝が上を向き、つま先は真後ろを指していた。まるでバッタやコオロギといった昆虫の脚部のように。人の関節では考えられない姿だった。

　髪の毛は一本たりとも残っておらず、シワだらけの顔ともども、病気の樹木のような皮膚を晒している。鼻があった部分には洋梨のような鼻腔が覗き、耳朶は跡形もなくなって、耳はもはやただの穴でしかない。そして、眼球に白目の部分はなく、全体が黒目に……

　いや、違う。

　眼球自体がないのだ。ぽっかりと穿たれた洞のような眼窩は、ないはずの目で露伴を射貫いていた。

　彼の苦しむ様がたまらないのか、口の端が〈にたにた〉と吊り上がり、煤でも被ったような灰白色の歯が剝き出しになった。でたらめな方向に飛び出ている乱ぐい歯。〈黒く干涸らびた老人〉は嗜虐的に笑っていた。

　摑まれた首に〈黒く干涸らびた老人〉の指が深く食いこむ。今にも皮膚が突き破られそうだった。

「ぐ、おお……おおぉ……おお！」

　全身をゆすり、腕を振り解こうともがく。

　足をばたつかせ、〈黒く干涸らびた老人〉の顔を蹴り飛ばす。

　けれど、耳や鼻の穴、空っぽの眼窩や〈にたにた〉している口にまでつま先をねじこんでも、〈黒く干涸らびた老人〉が意に介した様子はなかった。

「……ま……まずい…………意識が……」

腕に爪を立てるが、石炭を削るような感触が返ってくるだけで、その力は微塵も弛まない。

「ヘブン……ズ……ドアァ……ッ」

消え入りそうな声で〈スタンド〉の名前を呼ぶ。

「こいつを………〈本〉に……」

視野がじわじわと狭まり、混濁していく。

〈黒く干涸らびた老人〉に指を突きつける〈ヘブンズ・ドアー〉だが――あと少しというところで届かず、乾燥したペンキのようにパラパラと崩れて霧散する。

(駄目だ。間に合わない……)

意識が遠退きかけたとき。

彼方から近づいてくる音があった。

心をざわつかせる音。明滅するストロボのように、露伴の脳裏で赤い色がちらつく。

音の正体はサイレン――救急車だ。

転倒した学生が自分で呼んだのか？ 朦朧とする露伴の目に、赤色灯の明かりがぼんやりと映る。

唐突に、首を掴んでいた手が消えた。

一瞬の浮遊感のあと地面にくずおれ、立ち上がることもできず、露伴は盛大に咳きこんだ。

「がはっ……っあ、ぐ……」

呼吸はおろか、息を止めるのにさえ苦痛を伴う有様だった。あえぐように空気を求めながら〈黒く干涸らびた老人〉を探して視線を巡らせる。めまいがひどく、視界が血の色に瞬いていた。

「クソッ……奴は……奴はどこに消えた？」

膝を摑んで立ち上がる。が、まだ脚に力が入らなかった。

〈黒く干涸らびた老人〉のあとを追って、ふらつく足取りで公園から出る。

サイレンの音がうるさいのか、老人たちが耳を塞いでいた。彼らのことは無視して、あたりを見渡す。

沈みつつある夕焼け。

転がった自転車。

膝を抱えている学生。

そして。

「……！　いたッ！」

〈黒く干涸らびた老人〉はトカゲめいた素早い動きで、アスファルトの上を這っていた。

向かう先には救急車。

〈黒く干涸らびた老人〉の考えなどわかりはしないが、何をしようとしているのかは露伴にも直感で理解できた。

僅かに姿勢を前傾させた直後、〈黒く干涸らびた老人〉は救急車めがけて跳躍した。

そのままフロントガラスに突っこむ。

飛散するガラスを予感して、露伴は咄嗟に手をかざした——が、何も飛んでくることはなかった。

ずぶりと……泥にでも沈むように、〈黒く干涸らびた老人〉はガラスを潜り抜けたのだ。

運転席から悲鳴があがる。

ブレーキが踏まれ、尻を滑らせながら救急車は停車した。車内から言い争うような声が洩れるが……すぐに静かになった。抗議するように鳴り響くサイレンも、一度だけトーンのズレた音を鳴らして沈黙する。

…………

一瞬のうちに〈夕柳台〉に静寂が戻ってきた。

あとに残ったのは急ブレーキで焼けこげたタイヤの臭いだけだ。

ぺたり。

運転席のドアをすり抜けて〈黒く干涸らびた老人〉が救急車から出てきた。

再び襲ってくるかと警戒する露伴だが、彼の予想に反して、〈黒く干涸らびた老人〉は〈にたにた〉と笑みを浮かべたまま、空気に溶けるようにスッ——と消えてしまった。

「…………」

かざしていた手をゆっくりと下ろす。

〈夕柳台〉に来るまで、カラスの鳴き声はうるさいほどに聞こえていた。それがここに来た途端、ぴたりと止んだのだ。たんにカラスの通り道、巣、餌場などから逸れているせいだと考えた。けれど……もっとシンプルな理由に思い至る。

この界隈を騒がせたら、〈黒く干涸らびた老人〉が襲ってくる……

たとえば、公園の柵をカンカン鳴らす者を。塀にゴムボールをぶつけて音を響かせる者を。アニメの主題歌を歌う者を。自転車のブレーキを軋ませる者を。

そして、大声で〈ヘブンズ・ドアー〉などと叫んだ者を。

そう露伴が悟ったとき。

小馬鹿にした笑い声が耳に届いた。

「今度こそわかったじゃろ」

世界地図の老爺だ。暗い瞳でこちらを見下ろしてくる。

「〈夕柳台〉の良さが」

「良さ……だって？　干涸らびた爺さんが人を襲うのが……ここの良さだって言うのか」

「干涸らびた？　爺さん？　何を言うとる」

「……？」

（ひょっとしてこいつら……黒い爺さんの存在に気づいてないのか？　てっきり誰かの〈スタンド能力〉かと……いや……違うな。ぼくにも触ることができた。〈スタンド〉に触れられるのは〈スタンド〉だけだ）

露伴の指先には依然として、〈黒く干涸らびた老人〉の腕を引っ掻いた感触が残っていた。

世界地図の老爺が両手を広げる。

倒れた学生。停まった救急車。それらを示すよう、鷹揚に。

「〈夕柳台〉の良さはな、この静かさじゃよ。にいちゃんも臭い便槽には蓋をするじゃろ？それと同じ。臭いもんには蓋を、うるさいもんにも蓋を」

近くにいた老婆が同意する。

「そうそう。〈夕柳台〉ではね、騒がしいのはみぃぃ～んな、あんなふうに壊れちまうのさ」

彼女の言葉を皮切りに、他の老人たちも同意を重ねてきた。

「ああ。ちょっと駅のほうに向かえばよ、ガァーガァーとカラスが鳴いてやがるが、〈夕柳台〉じゃありえねぇからな。ぜんぶ地面に落っこっちまう」

「バイクもそうだよ。なんにもないとこで事故っちゃって」

「きっと風水がいいんだろうねェ、風水が」

「そこはワシらの日頃の行いがいいからじゃないかい？　イワシの頭も信心からって言うしねぇ」

「静かだよなぁ、〈夕柳台〉はほんと。ワシらにうってつけの場所さ」

先ほどと同じく、老人たちが〈夕柳台〉を褒め称える。

それを黙って聞く気もなく、露伴は彼らの会話に割って入った。

「あんたたち本気で信じてるのか？　カラスが落ちてきたり、バイクが事故を起こす理由が、風水やら日頃の行いのせいだと」

話を遮られたせいか、それとも敬意に欠けた言葉遣いが気に障ったのか。

世界地図の老爺が苛立たしげに鼻を鳴らした。

「フンッ、理由じゃと？　そんなもん決まっとろうが。わしらの願いが通じたんじゃよ」

顎をしゃくって、露伴の後ろにある公園を示す。

「昔は〈夕柳台〉も他と変わらん、やかましい土地じゃった。特にこの公園よ。朝っぱらから日が暮れるまで、ガキどもがギャアギャアと騒ぐのなんの。じゃから老人会から役所に抗議してやったのよ。公園の設備をすべて取っ払えってな」

「……それでか」

肩越しに公園を見やる。

遊具ひとつない、がらんとした公園を。

「じゃというのに……ガキどもは騒ぐのをやめんかった。ボールや棒っきれがあれば、それだけで延々とはしゃぎよる」

なぜなら馬鹿だから——露伴は胸中でつけ加えたが、口には出さなかった。出せば世界地図の老爺が調子づくのは目に見えていたし、ほんの一瞬であろうとも、彼の賛同者だと勘違いされたくなかった。

「じゃからわしらは願ったんじゃ。どーか騒がしいガキどもを追っ払い、〈夕柳台〉を静かな土地にしてくださいとな」

「願ったってのは……どういう意味だ。黒魔術だとか、妙な儀式でもやったのか？」

「違うわ、馬鹿たれ。特別なことなんてなにもしとらん。ただ願ったんじゃよ。なんでもいい。仏壇に神棚、地蔵や神社、墓参りのときには知らん奴の墓にも願ったさ。毎日毎日、朝起きては願い、昼に出ては願い、夜寝る前に願う……するとどうじゃ。ある日を境に、急にガキどもがいなくなりおった。馬鹿な親もろともどっかに引っ越しちまったんじゃ」

老人の口角が上がり、頬に等高線のようなシワが刻まれる。

「それ以来、カラスも鳴かず、バイクも走らず……〈夕柳台〉は静かになった。〈夕柳台〉はな、わしら年寄りが安心して暮らせる、静かで、心安まる住宅地でないといかん。なんせ、ここはわしらの場所なんじゃから」

世界地図の老爺の言葉に、老人たちが力強く頷く。

「なるほどな」

露伴もまた頷く——が、べつに老人の意見に賛同したわけではない。

〈夕柳台〉のルールに触れたことで、自(おの)ずと洩れた首肯(しゅこう)だった。

（黒い爺さんの正体はいわば……このジジイどもの願いで産まれた怪物、ってところか。

騒いだ者の前に現れ、そいつを排除する、掃除屋のような存在）

露伴自身、大声で叫んだことがきっかけで〈黒く干涸らびた老人〉に襲われた。推察に赤丸をつけてくれる者はいないが、この考えが的外れだとも思えなかった。

（そういえば、こいつら……）

ふと、先ほど耳についた部分を思い返す。

（知らん奴の墓にも願ったって言ってたな。いったい、誰の墓に願ったんだ？　あの黒い爺さん、どう見ても孤独死して腐り果てた独居老人って感じだったが……）

考えたところで詮(せん)ないことではあったが、妙な願かけに利用された誰かしらに同情する。感情があるのかないのかよくわからない存在を気遣ってもしょうがないが。

それよりも。

「それよりも問題なのは……」

黙考ではない。区切りをつけるように、口に出す。老人たちの怪訝(けげん)な視線が露伴に突き刺さった。

「あんたらの利己主義だ」

びしりと、老人たちのひとり――誰でもよかったが――、真っ正面にいた世界地図の老爺に指先を突きつける。

「黒い爺さんは自分の意思で人を襲ってるんじゃあない。あんたらがそう願ったから襲ってるんだ。そもそも、ぼくはあんたらのような年寄りが嫌いでね。無駄に歳を重ねただけでなにか成し遂げたわけでもないのに、年長者である自分の意見を若者はすべからく聞き入れるべし、って連中は特にな。吐き気がする」

「なんじゃと……？」

老人たちが頬を引きつらせるが、露伴は取り合わずに話し続けた。

「年寄りは〈灸を据える〉って言葉が好きだよな。灸ってのがなんともジジババ臭いが……まあいいさ。帰る前にぼくから灸を据えてやる」

突きつけた露伴の指先がブレて、〈ヘブンズ・ドアー〉の指が現れる。

――公園の少年、ケンちゃんのことを露伴は思い出していた。彼の母親から〈言葉を取り戻すきっかけ〉を尋ねられたが、〈夕柳台〉を離れた今、彼が〈黒く干涸らびた老人〉に襲われることはもうないのだ。いずれ時間が解決してくれるだろう。

そうしていつの日か、彼がまた子供らしくはしゃぐ日がきたとして、それは罪だろうか。

罪ではない――と露伴は思う。鬱陶しくてやかましく、邪魔ではあるが罪ではない。

では、老人たちが老人らしく、静かな生活を望むことは罪だろうか。

それも罪ではないと思う。だが、彼らの望みは歪んでいた。静かな生活を得るために他人が傷ついてもかまわないと断じたのなら、それは罪を超えた、悪だ。自分本位の澱んだ悪意でしかない。

ぴしっ。

〈ヘブンズ・ドアー〉の能力によって、老人たちの顔面の皮膚に、シワとは異なる幾筋もの切れ目が走った。

ぼんやりと立ち尽くす彼らを案じる者はいない。その代わりとばかりに、夜の気配が滲みはじめた〈夕柳台〉に風がそよいだ。柳の枝が擦れ合い乾いた音をたてる。そして——老人たちの皮膚が一斉にほどけ、めくれあがった。

それは彼らの記憶を刻んだページだ。数十年もの長きにわたって記された、年寄りの記憶。色褪せた思い出に目を通すこともできたが、それよりも、露伴にはやるべきことがあった。〈ヘブンズ・ドアー〉で文字を書きこもうとする。

ところが。

〈——♪　——♪〉

前触れもなくスマートフォンが鳴った。

「えっ?」

ポケットの中でスマートフォンが震えていた。〈何か〉を呼び起こすようにブルブルと。

「……おい。おいおいおいおい。嘘だろ、こんなときに――編集者からか⁉」

つんと、獣臭が漂ってきた。

ハッとして振り返れば、再び現れた〈黒く干涸らびた老人〉が公園から這い出て、こちらに飛びかかろうとしていた。〈にたにた〉と笑いながら。

「くそッ！」

慌てて老人たちに文字を書きこむ――と同時に、露伴は〈黒く干涸らびた老人〉に押し倒された。したたかに背中を打ちつけ、

「うぐ……っ」

苦悶の声が漏れる。

（――ヤバイ！　まさかこのタイミングで電話がくるなんて）

素早く跨がられ、またも喉元に手が伸びてくる。

（こうなったら今度こそ……こいつに〈ヘブンズ・ドアー〉を叩きこんでやる！）

露伴がそう決意したとき。

「おいおい！　なんだにいちゃん！　道路に寝っ転がっちまって！」

〈黒く干涸らびた老人〉の動きがぴくりと止まる。

「ワシらに向かって偉そうなことを言いおって！」

「アタシらに灸を据えるだって⁉」

「なんて口の利き方だい！　親の顔が見てみたいね！」

「これだから最近の若いのは‼」

〈本〉の状態から元に戻った老人たちの声だ。彼らはそう言って――

互いに顔を見合わせた。

彼らの声は〈夕柳台〉全域に響くほどの……〈大声〉だった。

「ななっ、なんじゃあッ！　これはあぁぁっ⁉」

世界地図の老爺が、街宣車顔負けの〈大声〉で叫ぶ。

「あんたらを〈本〉にしたとき……」

〈黒く干涸らびた老人〉に組み敷かれたまま、露伴は呟いた。

「ちょいと書きこませてもらった。内容はこうだ」

〈にたにた〉と……〈黒く干涸らびた老人〉が世界地図の老爺たちに向き直る。

「〈常に大声で喋る〉」

そう告げた途端、〈黒く干涸らびた老人〉が最も近くにいた老人に飛びかかった。道路に押し倒して馬乗りになり、隣にいた老人たちの首も手早く締めあげる。

「ヒイッ、ヒィェエエッ‼」

「なんじゃぃッ、この化け物はッ⁉」

「ナナ、ナ、ナンマイダァ……ナンマイダアァァ……ッ!!」

老人たちが一斉に悲鳴をあげた。

もちろん、〈大声〉で……


〈夕柳台〉は年寄りが安心して暮らせる、静かで、心安まる住宅地でなくてはならない。

大声ではしゃぐ子供も。

耳障りなカラスも。

常識知らずのバイカーも。

〈夕柳台〉には必要ない。老人たちはそう願い、それが〈夕柳台〉のルールとなった。

まさか自分たちが〈騒ぐ側〉になろうとは夢にも思わずに。


さすが〈夕柳台〉の静寂を守り続けてきた怪物だ。〈黒く干涸らびた老人〉は、瞬く間に老人たちを昏倒(こんとう)させ、今は世界地図の老爺の背中にしがみついていた。

「たぁ……助けてくれぇ……」

彼は苦しそうな——けれども大きな声で——助けを求めてきた。

「息が……っひ、息ができんのじゃあぁ……頼む、病院まで連れていって……いや……そこの救急車まで運んでくれんかぁ……」

「…………」

死体を見る解剖医の目で、露伴は世界地図の老爺を見下ろしていた。彼の懇願を聞き入れるべきだろうか。そんな義理はないし、なんなら無視して帰るのが道理かもしれない。けれど〈灸を据える〉という目的はひとまず達成したのだ。火種を取り除いてやらねば、いかに小さな灸とて老爺そのものが炎上してしまう。そうなるとさすがに寝覚めも悪い。

「……いいとも。別の救急車を呼んでやる」

露伴はスマートフォンを取り出すと、先ほど電話をかけてきた相手――案の定、編集者だった――に折り返した。

「ああ。さっきはどーも……いや、公園の遊具の件なんだが、こっちで解決しちまったよ。うん。悪いね……悪いついでであれなんだが……救急車を何台か手配してもらえないかな。そう。〈夕柳台〉に……なんで自分で手配しないのかって？　あれこれ聞かれたら面倒だろ。同じ場所に何台も、なんて普通じゃあないしな」

不承不承といった感じの編集者に、簡潔に指示を伝えていく。どうやら助かるらしいと、世界地図の老爺の顔がパッと明るく輝くが――

「いや。場所はそこじゃあない。〈夕柳台〉の坂の〈下側〉に呼んでくれ。公園まで救急車が来ると、うるさいから静かにしろ……って怒る爺さんや婆さんがいるんだよ」

世界地図の老爺の顔から、表情らしい表情がすべて欠落する。

「……たしかに呼んでやったからな」

絶句する老爺を横目に、露伴は携帯をポケットにしまいこんだ。

「頑張って坂の下まで這っていってくれ。ここに他の救急車を呼んだりしたら、また黒い爺さんが襲うかもしれないだろ？　おいおいおい、なに妬ましそうに救急車を見てるんだよ。あれは学生くんが乗るやつだぜ。あんたらが乗るべきじゃあない」

フンッ、と鋭く鼻を鳴らす。

「まっ、そんな環境を望んだあんたらの自業自得ってことだな」

それ以上老爺の泣き言を聞く気もなく、露伴は踵を返して歩きだした――が、数歩も進まないうちに立ち止まる。

「しまった。忘れるところだった」

老爺へと向き直り、

「あんたのことは気に入らないが、その表情……〈深く絶望した顔〉……それは悪くない。ちょっとスケッチさせてくれ……よし。どうもありがとう。それでだな、あんたたちはこれから〈夕柳台〉で暮らしにくくなるはずだ。ずっと大声で喋らなきゃいけないわけだしな。だからもし引っ越すことがあれば、連絡してほしいんだが……っておい。なんだよ、気絶してやがる」

いつの間にか〈黒く干涸らびた老人〉も消えていた。

名刺を残しておこうかと思ったが、やめておいた。どうせ引っ越すときがきたなら嫌でも耳に入るはずだ。なにせ、声がでかいんだから。

「閑静な住宅地〈夕柳台〉……いきさつはともあれ、環境は気に入ったよ。とてもいい。こんな静かな土地でなら、気持ちよく漫画を描けるだろうからね」

帰る前に仕事場にできそうな家に目星をつけておくか……

そう呟き、露伴は空を見上げた。

「……ふぅん」

悔しいが、老人たちの言っていたとおりだ。

――〈夕柳台〉は高台にあるおかげで星が綺麗に見える。

夜の帳(とばり)が下りきった〈夕柳台〉の空には、満天の星々が輝いていた。

シン
メトリー・
ルーム
北國ばらっど

作品は〈完成〉しても、作者は〈完成〉してはならない。

岸辺露伴は、常々そう考えている。

漫画を描き続けるとは、成長を続けるということだ。知らないものにこそ常に触れて、新しい体験を試し続けなければならない。でなければ、人生という連載は長すぎる。

秋も終わりだというのに、打ち合わせにカフェのテラス席を選んだだけあって、どこか〈ズレている〉感じは最初からあったのだが……このたび、露伴の担当となった若き編集者、唐沢徹は、そのヘンをわかっていなかった。

「あのー。先生ってェ――――、もしかして、〈アナログ至上主義〉とかなんですかァー?」

「…………」

打ち合わせは概ねまとまり、そろそろカフェから帰ろうかなんて思ったタイミングだ。特に話の脈絡もなく、そう尋ねられて、露伴は首をひねった。

表情の変化がないのは〈機嫌のいい人間〉の反応ではない、と気づくには、その編集者は若すぎたらしい。ので、露伴はとりあえず話を続けることにした。

「えー、と、いいや…………一回聞こう。どうしてそう思う?」

「露伴先生ってぇー、執筆作業、とてもお早いじゃあないですかぁー」

「特別急いでいる、と言うつもりはないけどね」

せせこましく描き溜めとかしているわけじゃあないし、そもそも君の基準の中で誰と比べての話なんだ――という意味でもある。伝わらないだろうが。

「でも原稿送ってくるとき、データとかじゃあなくって郵送ですよね。あれって、作業環境がアナログだからでしょ？」

「……そうだが？」

「今どき、〈ペイントソフト〉って相当充実してますよ。珍しいなァー、と思って。パソコンで作業できたら、もっと早くなるんじゃあないですか？　ビュビュンッ！　って感じでェ～～」

「なるほどね。珍しい」

たしかに最近は〈紙の原稿〉に〈Gペン〉や〈丸ペン〉のような道具で作業をする漫画家というのは減っているのだろう。その疑問はわからないでもない。と露伴は思った。

しかし、理解できるのと、だからってこの話題が面白いのか、というのは別の話だ。だから露伴の顔は、無表情のままだった。

「唐沢くんだっけ。……つまり、君はこう言いたいのか？　〈パソコンとかよくわからないから、未だに古臭いアナログ環境で作業してるんですか？〉……って。そう聞きたいのか？」

「エッ」

唐沢はここでようやく、自分の質問が迂闊（うかつ）であることに気がついた。
岸辺露伴は、駆け出しヒヨッコの新人漫画家ではない。
〈ピンクダークの少年〉という、名の通った代表作もある。
漫画家と編集者には互いの仕事に敬意が必要だ。――素人（しろうと）のファンが言うならまだしも――仕事上の関係である唐沢がつついていい部分ではなかったわけだ。

「あの。露伴先生。ボクは、べつにそこまでは………」

「じゃあどこまでなんだ？　君さあ〜〜〜〜……何を基準にして、どこまでなのか、って話だよ。着地点がわからないなら曖昧（あいまい）なことを言うんじゃあない」

ほとんど残っていなかったカップの中のコーヒーを、露伴は一息に飲み干した。すっかり冷めていたが、喉（のど）の滑りを良くするには十分だった。

「ぼくだからいいがな………あんまり、漫画家の作業環境に口を出さないほうがいい。締め切りとクオリティを守って原稿が届くのだったら、そっちは漫画家がどんな道具や仕事場を使っていようが、問題なんてない。……違うか？」

「あ。いや、スミません……ボクはただ単純に、不思議に思っただけで……」

不思議に思っただけのことを、たいした目的も理念もなく、軽い興味で、わざわざ聞かれることが煩わしい。

露伴はそう言いたかったが、一応は仕事相手なのだ。まあ答えてもいいだろう。それに目の前の相手にキッチリ話をしておかないと、今後もこういう、くだらない質問をされる可能性がある。と、そう考えた。

「べつにデジタルが嫌いってワケでも、苦手ってワケでもない。ぼくだってペイントソフトを弄ったことくらいはある。意外だろ？」

「えェ――――……と……。正直、はい」

「正直ならなんでもいいってわけじゃあないんだぜ。覚えておくんだな……」

もう何を言っても文句を言われると思ったのか、唐沢の目は少しうるんでいた。気の毒でないこともないが、話しはじめたのだから、露伴は止める気はなかった。

「わかるように教えてやる。……たとえば、だ。ピアノで弾くクラシックはたしかに素晴らしい。だがシンセサイザーの電子音や、シーケンサーなんかで演奏したテクノ・ポップは、楽器ではなかなか表現できない曲を作ることができる。要は、表現者にとって〈使いやすいツール〉が違うだけなんだ。だから漫画や絵画をデジタル化するのも、表現技法のひとつとしては〈アリ〉だ。ペンやマーカーでは難しい表現ができるんだからな………」

「……ハァ」

「第一、ぼくだってスマートフォンやタブレットを使う。便利だからな……。ネットでアワビの生態を調べたりするし、ゲームとかもやるよ。そもそも、あれだけの機能性があのサイズに凝縮されているという点で、計り知れないパワーがある。そーゆーの、興味があるに決まっているじゃあないか。アプリを作ってみたこともある」

「えっ？　アプリって……プログラムしたってことですか？」

「いちいち言い換えなきゃわからないなら〈そうだ〉と言ってやる。多少でも興味を持った物には触るようにしているんだ……〈アイデア〉とか〈知識〉として知ればいいんじゃあない。〈体感の伴わないものはリアルには描けない〉。……だからどんなジャンルでも、自分で〈体験するに越したことはない〉。そうだろ？」

「は……はい」

「ツールは〈使いこなす〉ことで初めて便利になり、自分の糧になる。パソコンやスマホがあったところで、気になった単語をググって、ネットしてブログ読んで終わりってんじゃあ何も身にならない。漫画に使えそうなら当然試している。当たり前だよねェッ？」

「……まあ、はい」

「それでもぼくの場合、アナログの作業環境を好むのは……単純にパソコン立ちあげて、ペイントソフト起動して、ツール選択でペン先変えて……なんてチマチマするより——」

露伴は、胸元から自前のペンを取り出すと、テーブルに備えつけられていた紙ナプキンを広げた。

「――〈アナログでやったほうが、圧倒的に作業が早い〉」

唐沢から見れば、まるで魔法のステッキをササッと振ったような仕草。それだけで、ナプキンの上には露伴の代表作〈ピンクダークの少年〉の主人公の姿が、はっきりと描かれていた。

「えっ……………今、もう描いたんですかッ⁉　ナプキンにッ！　描き辛いのにッ！」

「〈紙〉と〈インク〉。手を動かしたとおりに、ダイレクトに表現できるシンプルなツール……。煩わしい〈バージョン更新〉もなければ、〈フリーズ〉もない。デジタルを試し、便利だと理解したうえで……〈この岸辺露伴の手に、紙の原稿のほうが馴染んでいた〉。それだけの話」

神業と言っていい速度だった。

紙ナプキンにきれいに線を引き、絵を描く。ハエの止まりそうな速度でやっても難しい作業を、目にも留まらぬ速度で、精密に実行する。

百聞は一見に如かず。論より証拠。

こういう手合いには見せてやるのが一番早い。それで二度と、滑稽で無礼な質問はするまい。

それは実力ある者にとって、非常にスマートな解決方法だ。

状況が解決を見ると、露伴は改めて席を立った。わざとらしく腕時計を見せつけながら。

「さて……面白くもない話をしたな。ぼくはそろそろ行くよ。このあと用事があるんだ」

「えっ、どこ行かれるんですか？　せっかく経費で落ちるんで、チョット時間潰して食事なんかご一緒できたらと思ったんですが……〈牛たんのみそづけ〉……」

「あのね――、口開く前に三秒考えてから会話しろ。……なんでぼくが、わざわざ、君と、楽しく、地元の名物食べなきゃならないんだ？　これから大学に行くんだよ。〈杜王情報通信大学〉」

「大学ぅ？」

「言わなくてもわかると思うけどね、受講してるわけじゃあないからな。取材だよ、取材……奇妙な事件があったんだ。最近、新校舎を建てたらしいんだがね……その学校の学長が、そこで〈アジの開き〉みたいな死体で見つかったそうだ」

「…………なんですって？」

「〈アジの開き〉だよ。食べたことないのか？　〈牛たんのみそづけ〉より、先にそっち食べておくべきじゃあないの？」

「いや、食べたことはありますけど……今の話題で食べられなくなりそうですけど……もっかい言ってもらっていいです？　〈アジの開き〉みたいな、なんですって？」

「〈死体〉だ。学長の……。身体の中心線からパックリ。〈モツ〉もなくて、逆に綺麗なもんだったらしい。……期待しておくんだな、漫画のネタになるかもしれない」

「いや、いやいやいやいやいやいや。先生、そんな確実に覚えてそうな事件、ニュースで見た覚えがありませんが……」

「そりゃあそうだ。〈誰か〉が情報を伏せたんだろう。ニュースではやっていない。これは別件の取材でたまたま、あそこに在籍している学生に…………〈聞いた〉話だからな」

実際には、〈聞いた〉のではなく〈読んだ〉話。取材というには一方的なやり方だったが、これもプロ意識によるものだ。その詳細については割愛する。

だが、そんなことを唐沢という編集者に教えてやるつもりは、露伴の胸中には、〈1ビット〉ほども存在しなかった。

もう止めるつもりのない足音が、カフェ出口に向かって進む。乾いた秋の空気のなか、革靴のコツコツという音は、心地よく響いた。

「ああ、コーヒー代は経費で落としておいてくれるんだろうね」

杜王情報通信大学。

地名を冠しているが、私立校。創立からそれなりに歴史を重ねた学校で、就職率も良く、オープンで明るい校風とも相まって、生徒数はわりと多い。

以前から存在した校舎に加え、学部が増えたことで新校舎を設けたというのだから、経営は順調なのだろう。

その校舎の新築を決めたという学長が、〈アジの開き〉になった。まさしく、建って間もないこの校舎で、だ。つまるところ、〈事件現場〉。

そんな新校舎を正面に見据えて、岸辺露伴は立っていた。

「……変死事件があった学校だというから、少し期待して来てみたんだが……なんだ。案外、〈いつもどおりの日常〉といった感じだな。……日曜の公園より緊張感がない」

大学の門を出入りする生徒たちには、それほど変わった様子はない。

どうやら講義も滞(とどこお)りなく行われているらしい。講師も生徒も、自分たちの学(まな)び舎(や)で死人が出た、という事実に、それほど関心がないのだろうか。

いや、彼らはそもそも〈たいていのものに関心がない〉といった態度に見える。

死人にかまっているほど暇がないのか、それとも暇すぎるのか。

そんなことは露伴の考えることではないし、興味もない。

とにかく、〈変死事件〉の舞台は……思っていたよりも、漫画家としての好奇心を刺激しない様相である、ということが問題だった。

「やれやれだな。在学生を観察しても参考にはならなそうだ……。たしか生徒から〈聞いた〉……〈読んだ〉情報によると、事件が起きたのは〈新校舎の五階〉…………まずは、そこを目指してみるとするか。しかし……」

改めて、露伴は目の前の校舎を眺める。

それは実に、ありふれた建築様式の建物だった。建築されてから間もないだけあって、小綺麗ではある。しかし、それだけ。

建築物とて〈アート〉のはずだ。〈機能美〉の他に〈様式美〉をこめる余地がある。漫画家が〈締め切り〉や〈ページ数〉、〈禁止用語〉といった縛り（しば）の中で、最大限、己を表現するように、建築家は〈客のオーダー〉や〈建築基準法〉の中で、最大限、己を表現するはずだ。……そのせめぎ合いによって〈作り手の色〉が生まれる。

ところが、この校舎にはそれがない。

特徴がないのが特徴というか、〈ああ、そうそう。大学の校舎ってこんなカンジ〉というイメージを、うろ覚えの絵に描いて起こしたような有様。

〈無彩色のエクステリア〉は地味というより無粋で、ヤケクソになって箱を切って貼ったような印象を受ける。〈建築基準法とか消防法を守ってりゃあいいんだろ？〉という声が聞こえてくるようで〈デザイナーとしてのやる気〉が感じられない。眺めていて、目が滑る。

露伴はべつに校舎を見にきたわけではないのだが、その建築家のこめた〈思い〉だとか〈プライド〉のようなものがさっぱり感じとれないその建物には、「わざわざ安くもない金払って、新しくこんなもの建てさせたのか？　死因はともかく、そりゃ死にたくなるだろ、学長とやらも」と、横から文句を言いたい気持ちがわいてきた。

　少なくとも、自分が学生だったら、ここで何かを学んだりしたくはない……。

「……ん？」

　ふと、露伴は視線に〈引っかかり〉を感じた。

　違和感と言ってもいいだろう。

　見渡す視界に、不自然なものが映った。反応したのは、おそらく本能的な部分。だから最初、露伴は自分が何を見ているのか、思考を整理するのに時間がかかった。

「あれは………人間なのか？」

　そう。間違いなく〈それ〉は人間だった。

　露伴と同じように、退屈そうに校舎を真っすぐ眺めながら、佇(たたず)んでいる男。

　歳は三〇前後……中肉中背。オーカーのジャケットにスラックスといった出で立ちで、一見すれば、大学の講師か何かと思うのが自然な外見だ。

　そこまでの特徴を羅列するぶんには、特におかしなところはない。

　しかし、その男はどこかが奇妙だった。露伴の目には、まるでその男が〈精巧なロボット〉とか、〈できそこないの3Dグラフィック〉とかであるように映った。

〈不自然〉が人の形をしている……そういう印象。

　現実世界の風景から、その男はあまりに浮いている。

露伴は思わず、その男を注視した。しばらくして視線を感じたのか、男はゆっくりと振り向き、露伴と目を合わせた。

そこで初めて、露伴は違和感の正体に気がついた。


男は〈シンメトリー〉だった。


神経質なまでに正確にまとめられた、真ん中分けの髪。

右にも左にも、鏡合わせになるように、左右対称のデザインのボタンがつけられたジャケット。

無駄な柄のない、シンプルな無地のセーター。両腕につけられた腕時計。両耳に下げられたピアス。汚れひとつなく磨きあげられた革靴。

角度まで完璧に揃えられた眉。両の目じりにひとつずつの泣きボクロ。一ミリたりとも狂わぬように切りそろえられた爪………etc、etc。

髪型も。服装も。その目鼻立ち、身体つきさえも。

身体の中心に鏡を置いたように──すべてが〈シンメトリー〉だった。

「………」

露伴の頭に浮かんだ言葉は「こいつは何者だ?」ではなく「こいつは何だ?」という、

より物質的なものになった。生物に対する視線を、この男に向けるのは容易ではなかったからだ。

あまりに見事なシンメトリー。崩れた部分がいっさいない。

その男の外見は、まるで〈デザイン〉。人間にあるまじき姿。

眺めている露伴の胸中には、次のような思いが浮かんだ。

（――おいおいおいおいおい、〈ドンピシャ〉だろ！　怪しすぎるッ！　〈犬神家の一族〉で言うところの〈佐清（すけきよ）〉みたいな違和感のある奴だ……〈俄然、変死事件らしくなってきた〉！）

さて、こうなると止まらない。

奇妙な事件の現場に奇妙な男。〈とっかかり〉としては大きすぎる。そういう〈まるで怪奇小説！〉みたいな展開は、露伴としては歓迎するところだ。

仮にこのシンメトリー男が事件の関係者だったとしても、そうでなかったとしても、こんな〈キャラクター性が服着て歩いています〉みたいな男を見過ごす選択肢は存在しない。この事件をモチーフとして漫画を描くなら、この男から受けるインスピレーションを使わない手はない。露伴はそう思った。

と、いうワケで、露伴は目を合わせた男から視線を外さず、むしろ近づいていくことにした。

まっすぐに自分へ向かってくる露伴に、男も疑問を感じたのだろう。

　先に口を開いたのは、男のほうだった。

「あのォ……何か？」

　男の声は――当然ではあるが――ごく普通の成人男性の声で、年齢の印象よりも若々しい。顔さえ見なければ、爽やかな青年と話しているのだと信じられただろう。

　声を発するために唇が開かれていく様すらも、顔のそれぞれのパーツが一糸乱れず〈シンメトリー〉を維持していて気味が悪いが、意思の通じる相手だ、という実感は大きい。

　さて、どうしたものか。

　露伴は二秒ほど悩んだが、とくに取り繕わずに聞くことにした。

「君の……そのファッション、目についたからな。ずいぶん徹底している……趣味でやっているのか？　それとも、何かのまじないとか？」

「あー……これェ？　ですかァ」

　男は自分の両腕を眺めて、金属ベルトの腕時計をチャラチャラと鳴らすように振った。

「なるほど、これですかぁ～～～」

　よく見れば、デザインが完璧に同じであるどころか、ご丁寧に片方は文字盤まで〈鏡文字〉に反転してある〈逆回りの時計〉。どう見たって安くない〈特注品〉。

　しかも不便だ。時間を確認できないことはないだろうが、時計としての利用はすこぶる不便。

つまり、完全な飾りであることは明白だった。

「珍しいでしょうね……腕時計を両腕につけている男……。べつに〈サッカーファン〉ってワケじゃあないんですよ。マラドーナとか本田圭佑の真似とかじゃあ、全然なくって……まあ、彼らも〈ボディバランスが崩れる〉なんて理由で両腕に腕時計つけてるらしいんで、ある意味で同志ってやつ……なんでしょうか？」

「サッカー選手に聞いてくれるぅ？　そーゆー限定的な話じゃあないからな。……全部だよ、全部。わかってやってんだろ？　服とか、髪型とかさァ」

「……ええ。ええ、仰るとおり。私のファッションは〈シンメトリー〉をテーマにして統一されています」

男は腕時計が見えるように両手を掲げ、肩を竦めてみせた。両脚を揃えて取ったポーズは、やはり左右対称。見慣れてくると、なるほど、ファッションとしてはまとまっているように見えなくもない。

「よく気づきましたね、このファッションテーマ。とても〈観察眼〉がおありだ……もしかして、職業は名探偵でらっしゃる？」

「ケンカ売ってんのか？　どんなマヌケだって気づくだろ。〈ウォーリーをさがせ！〉の初級編だってもう少し難しいぜ」

「〈ウォーリー〉のファッションは良くないですね〜〜〜〜〜〜。特に髪形と帽子。

「正気を疑うなァ――――」

　正気を疑うのはこちらのほうだ。露伴は口に出しかけた。

　先ほどから、話が微妙に噛み合わない。いよいよもって怪しさを増していく男を、露伴はつい、じっと睨みつけるようにして凝視していた。

　露伴の注目があることを確かめると、男はそのまま両手でジャケットをつまみ、デザインを見せつけるように、ビシィッ！　と引っ張ってみせた。

「この服、〈インスタ映え〉するでしょう？」

「…………そうかもな。まあどちらかと言えば、Ｔｗｉｔｔｅｒ(ツイッター)で見かけそうな感じではあるよ。写真をアップすればそこそこにバズるんじゃあないの？」

　露伴は即答に迷った。もちろん、この言葉に善意をこめてはいない。

「まあ私ぃ、べつにそういうソーシャル？　って言うんですかね。なんか苦手で。そういうものには全然詳しくないんですけどねェ――――、アハハハハハハハハハハハ」

「情報系大学で聞くとは思えない台詞だな……君、ここの講師じゃあないのか？」

「いえ。申し遅れましたが、私は土山章平(つちやましょうへい)……大学の関係者ではなく……いえ。まあ、ある意味関係者、っていうんですか？」

「聞くんじゃあない。質問されて質問で返すのは、〈そういうしきたり〉なのか？　それともやっぱりぼくにケンカを売っているのか？　…………待てよ、オイ。〈土山章平〉？」

「ええ」

「建築家の？」

「いかにもそのとおりです。あの、ここから見えている〈新校舎〉の設計者です」

「…………君が？」

意外。それが露伴の正直な感想だった。土山という名前に、覚えがあったからだ。

最近、雑誌やテレビにも名前が出るようになった建築家。海外での経験が生み出す独創的なデザインセンスを持つという評判だが、あまり具体的な情報が出てこないので、露伴も興味がわいていた。

しかし、そういう男が作ったにしては、目の前の校舎はあまりに平々凡々といった風情。とても評判で聞く〈土山建築〉であるとは、思えなかったのだ。

そんな露伴の気持ちを察したのか、土山は、校舎と露伴を交互に見つめて問いかけた。

「あの〈校舎〉、どう思います？」

「……どう。とは？」

「立派だとか、美しいだとか、建物への感想ですよ……あるでしょう？　人間だったら、建築物を見たときに、何か感想があるはずだ。人が生活するうえで〈衣食住〉は切り離せるものじゃあない。〈建築物〉がなければ、か弱い人間は自然の力に耐えられない……雨風を凌ぎ、照りつける太陽から隠れるための〈殻〉であり……〈自分はこういう生活を営んでいます〉と証明する、〈身分証明書〉。……〈人間としての感性〉があるなら、建築物に対して感想を抱く。でなきゃ〈住む資格がない〉。…………ですよねェェーン？」

「…………」

穏やかな声のわりに、ずいぶんと押しの強い男だった。

不気味な外見と相まって、その態度には威圧感すらある。とはいえ、たしかに露伴には今、確固たる感想があった。だからそれを素直に言葉にして、答えてやることにした。

「〈特徴がない〉のが特徴だな。校舎としてはしっかりした作りだが、面白くはない。なにより〈プライド〉が感じられない。一言で言えば…………〈アート〉じゃあないね」

「でしょォ――――っ」

露伴が少し〈ヒく〉ほどに、土山は突然、喜色満面になった。

嬉しそうに笑えば、多少は表情に人間味が浮かぶ。しかしその笑顔も、下がる目じりも上がる口角も、徹底的に〈シンメトリー〉で、不自然さを助けてしまっていた。自然な反応に対して不自然な外見が、ただただ、不気味だった。

「〈インスタ映え〉する？　あの建物。しないよねぇぇ〜〜〜〜〜〜〜ッ？　なんてったって見た目に〈美学〉がね――ッ！　バランスが悪いッ！　態度も悪いッ！　人をしまいこむことだけ考えたような有様だからマジで〈下品〉ッ！　そう言うんでしょう？貴方も！　アハハハハハハハハハわかるなぁその気持ちいいぃぃィイイイ――――！」

「…………いや。べつにそこまで言っていない」

なんだ、こいつ。

露伴の胸中にはその六文字があった。土山の態度には、外見の不気味さとはまた別種の奇妙さがあって、好奇心に混じって危機感が鎌首をもたげてくる。

しかし対照的に、土山は露伴を気に入ったようだ。相変わらず不気味な笑みを浮かべたまま、露伴を誘うようにして校舎のほうへ足を向けた。

「あんなブサイクな建物でも、中に休憩できるスペースとかあるんですよぉ――――。生意気ですよねェェ――――……アハハハハ。ややウケ。じゃ、コーヒーとか飲みながら少し話しましょうか。貴方は〈見る目のある人〉。きっと」

「勝手に話を進めるんじゃあないッ！　なんか……会話の成立しない奴だな。客ともそんなふうに打ち合わせしてるのか？」

こちらの抗議に耳をかさず歩きだした土山についていくことに、露伴は少々の抵抗があった。なんだか相手のペースに乗せられている、という気がしたからだ。

しかし、目の前の相手が〈キーマン〉であることは間違いないと思えた。

〈事件現場を設計した建築家〉……これほど都合のいい取材対象はない。だから露伴は、結局土山のあとを追うことにした。

の、だが。

「でさァ――――。美代ちゃんはぜってーイケると思ったワケよ。俺を見つめる目が〈飼ってる犬が発情期になったとき〉と一緒だったんだよなァ――――」

「ギャハハッ！　犬基準とか草！　草生えるゥ！　ギャハッ！」

ふたりの学生が前も見ずに歩いてきて、土山の肩にぶつかった。

謝罪の一言もない。露伴としては、こういう大学の学生は内気で、そのぶん礼儀正しいものかと思っていたのだが、そういうわけでもないようだ。

学生はそのまま、土山の横を通り過ぎて、相変わらず何らかの下品な話に花やら草やらを咲かせながら、去っていこうとしていた。

――――土山は突然キレた。

「テメ――――何やってんだあああああぁぁァァ――――――――ッ!!」

「ウゲッ！」

土山は通り過ぎようとした学生の肩を右手で掴み、振り向かせる。当然だが、学生は急に力を加えられて、苦しそうな声をあげた。

そしてなぜか左手でも学生を掴み、もう半回転させてそっぽを向かせた。と思えばまたこちらを向かせた。

回転させられて、学生は当然、困惑した。

「何やってんだって……テメーが何やってんだあぁぁ――――っ⁉　おい、こらッ！

回すんじゃあねえ！　どっかおかしいんじゃあねーのかッ」

「あああぁぁぁ――――ッ！　これだから人を振り向かせるのって嫌なんだッ！　なんで〈右回り〉か〈左回り〉じゃあないとこっち向けないんだッ　〈偏る〉だろうがッ！　私の〈腕の疲労〉が均等にならないッ！　声かけたら自分で振り向けッ！　〈固まり損なったコンクリ〉みてーにブサイクなくせに気も使えないのか　いったいどーゆー教育受けてきたんだ？　こういう学校に何も考えずダラダラ通えるから脳ミソ腐んのかッ　だからお前たちはクソ虫なんだッ！　いいか？　そういう人間が家とか世界とかダメにするんだよッ！　いろいろダメにするんだッ！　お前たちは〈シロアリ〉なんだよッ！　世界の土台をバリバリかじって生きてるッ！　フザケんなよこのドチャクソゴミ虫がッ！　もういいッ！　さっさと行けッ!!」

「なんなんだよお前ぇぇ――――ッ!?」

「やめろってェ〜〜〜ッ！　こいつなんかヤベーよ！　オイ、行こうぜ！」

土山の様子に怯えたのだろう。無理もない。

ふたりの学生たちはそそくさと逃げるように、その場から走り去っていく。

露伴はその一部始終を、〈ぽかん〉とした表情で見ていた。わけがわからないからだ。

それほど、土山の豹変は突然で、脈絡がなかった。

そんな露伴の様子もおかまいなしに……土山は、今度は露伴を見た。

「……すみません。あのう……さっきの連中が×××（とても汚い言葉だった。この場に記すことはできない）だったもんで……ひとつ、頼まれてくれませんか」

土山は露伴の答えを待たない。

先ほど学生にぶつかられたほうとは、逆の肩を差し出して、言葉をつづけた。

「……私に〈ぶつかってくれませんか〉…………？」

「…………なんだって？」

「なるべく早くお願いします。痛みが〈偏ってる〉……電柱とかにぶつかったのだと、あんまり調子良くないんです。できれば、さっきみたいに自然に歩く感じで……。ほんと、急いでください。時間が経つと片方の痛みが薄れて、〈偏り〉が酷くなる。……これ以上、私を〈偏らせないでください〉」

「…………」

少なくとも、露伴にひとつの確信はあった。

〈変死事件〉に関係あろうとなかろうと、この男には〈何かある〉。

なるほど。中に入ってもつまらない建物だった。

一応設けられたという休憩スペースは、フードコートのような作りになっていて、購買があり、コーヒーや茶を楽しめるようになっている。

とはいえ、とくに洒落（しゃれ）っ気とかはなく、病院の待合室でも見ているような気分になる。そういう内装だった。

休憩に使うだけなら、簡単なベンチもあって、露伴はそちらでもいいと言ったのだが〈ベンチだと中央に座らなきゃいけないんです〉と土山が言うので、テーブル席にやってきた。やはり四人がけだと落ち着かないらしく、ふたりがけの席を、わざわざ休憩スペースの中央まで引っ張ってきて使っている。

ここに来る前に打ち合わせを行っていた露伴はコーヒーを遠慮し、土山だけがコーヒーカップを前にして席につく。露伴は向かいでそれを眺めていた。

徹底したものだ。

土山はカップの取っ手が正面にくるよう調整し、自分から見てコーヒーカップ全体がシンメトリーになるよう努めていた。この購買のオリジナルブレンド……。

そのカップへ、丁寧に開けたスティックシュガーを両手に持ち、両サイドから均等のペースで入れていく。砂糖が黒い水面の中へすっかり沈むと、やはり両手にスプーンを持って、〈回す〉のではなく〈揺らす〉形でコーヒーを攪拌（かくはん）していく。

「思うに、シンメトリーとは不自然なものなのです」

　土山は脈絡なく、口を開いた。

「この星は、今やどれほどアスファルトとコンクリートに覆(おお)われているのか。人間の行う建築と開発というのは、結局自然にとって破壊的な行為に他ならない。であれば、デザインとしても〈自然に叛逆しなければならない〉……………シンメトリーとは、〈人間が自然を克服しようとする意志の表れ〉なのです。違いますか？」

「だからぼくに聞かないでくれるゥ？　……あのねーッ、ぼくはこの校舎がつまらない、と言っただけであって、べつに君の〈シンメトリー教〉に同意したわけじゃあないんだよ。むしろそこがわからないから声をかけたんだぜ」

「〈シンメトリー教〉。いい響きだなぁ――――……ウフフフフフ」

　土山は口に出してみて、うっとりとした表情を浮かべた。取っ手を無視して、コーヒーカップを両手で持ち、口へ運ぶ。子供が哺乳瓶を持つような仕草だ。

「でも私は、やはり〈シンメトリー主義〉と呼ぶことにしています。漢字の配置が、こちらのほうが多少はシンメトリーに近いので。ああ、漢字って嫌ですよね。アシンメトリーが多くて〈品〉がない。……………あ、でも〈品〉という漢字はシンメトリーだから好きなんです。〈品〉がありますよね〈品〉だけに。アハハハハッ、ややウケ」

「何がおかしいのか知らないが、勝手に同意を求めるなよな」

「ウフフ、失敬。まあ、これはこれで、けっこう大変なんですよ。なにせこの世の中には、シンメトリーじゃないことが多すぎる」

「そりゃあそうだろ。さっき自分で言ったよな？　〈不自然〉だって。そういう前のめりな拘り（こだわ）は嫌いじゃあないが、この世界で生きるにはやりづらいはずだ」

「ええ、まあ。まずね、この世界は何が楽しいのか、たいていのものは片手で扱うようにできているんですよ……電話なんか困っちゃってましたね。右手か左手で持って、右耳か左耳にあてなきゃあいけないいんだから。その点、スマホの〈ハンズフリー機能〉ってやつは革新でした。ありゃあいいッ！」

「今までどうやって生きてきたんだ？　自動車なんか乗れないよねェー、絶対座席がどっちかに偏るじゃあないか。……それとも愛車は〈マクラーレンＦ１〉だったりするのかい？」

「アレは憧れですねぇ〜〜〜〜〜。でも、今はとりあえずあまり車に乗らないようにして対処しています。……パソコンもね、マウスをふたつ接続して使うんです。ＣＡＤが使いやすくて助かるんだよなぁ――」

「ナァナァナァナァ、さすがにウソくさいだろ！　少なくとも〈マウス二刀流〉で使いやすくはできていないぞ、ああいうのは！」

　カップを置くと、土山は両掌（りょうて）を見せるように広げ、顔の横に置くようなポーズをとった。

「で、怪我とかすると大変なんです……。たとえば右手を刃物で切ってしまったとする。痛覚が偏るんですね。アハハハハ。そういうとき、自分で左手も切るんですけどぉ――」

露伴は〈この拘り、ちょっとおかしなところまでいってないか？〉と口を挟みたくなったが、土山の話は続いた。

「――傷つけた右手でやるものだからなかなか上手(うま)くいかない……結果、なるべく怪我をしないように、気をつけるようになりました。〈さかむけ〉ひとつ作りませんよ。これって……シンメトリー主義は健康にいい、ってことですよねぇ――アハハハハハハハ」

「いや……論理の飛躍だろ。単純に不便な生き方を選んでいるから、不便を強(し)いられているだけ……それをいいもののようにこじつけるのは、あんまり感心することじゃあないね」

「なんとでも言うといい。私はシンメトリーを信じている」

迷いのない声。きらきらと輝く瞳。

それは〈ショーウィンドウのトランペットを眺める子供〉のように、憧れに対してまっすぐで、ある意味では眩(まぶ)しいものかもしれない。露伴はそう考える。

「なんにしろ……その徹底した仕草。それにファッション。相当な入れこみだと感じるよ……だが、気のせいでなければ、君はそもそも〈顔つき〉だとか〈骨格〉までシンメトリーに見えるんだが…………どうなんだい、そこんとこ」

「本当に鋭いっ！」

土山はぱちん、と膝を打った。

それも両手で両膝を同時なので、なんだかゼンマイ仕掛けの玩具に見える。

「さすがだなぁ…………なにせ人間の身体……どこをとってもアシンメトリーだから困ります。醜いったらない。これが神の試練でなければ、設計のできそこないとしか言いようがない……だから〈整形〉したんです」

「…………？」

なんでもない、というふうに。

そう、まるで〈伸びてきてウザったかったから、思い切って髪をバッサリ切ってみた〉ような調子で。土山ははっきり、そう言った。

「……聞き間違いじゃあないだろうな。今、〈整形した〉って言った？　〈整形〉っていうのは、つまり……たとえば肌の下に〈シリコン〉だとかを詰めて、〈自分の身体を左右対称にした〉……って、そういう解釈でいいのかい？」

「そのとおりです」

誇らしげですらあった。

なにひとつとして風変わりなことはしていないと。当然のことなのだと。いっさいの疑いもなく信じていなければ、とれない態度だった。

「顔はもちろん、身体も……〈全身整形〉です。大変でした。内臓の配置が厄介で……できれば胃や腸もごっそり取ってしまいたかったのですが、私の要求は命に関わると。とりあえず骨格に関しては納得いくように作り直して、重心も整うように〈重石〉を入れました。トレーニングで〈利き手〉や〈利き脚〉という、〈筋力の偏り〉を生み出すようなものも矯正し、私の身体は左右において、バランスの崩れとはいっさい無縁なのです」

「…………」

相手の言葉に文句を言えない。人はそれを〈絶句〉という。

土山は〈どうだ〉と言いたくて、この話をしたのだろう。それに対し称賛してやることはもちろん、否定する言葉も露伴は述べなかった。意思の疎通は望めないように思えた。

少し間をおいて。

露伴は会話のペースを戻すべく、改めて自分から質問を振った。

「…………なあ、土山章平。君、昔っからそうなのか？　生まれたときから、そういう主義の下で生きてきた？」

「……いえ……実のところ、私がシンメトリー主義の伝道者になったのは、ここ数年の話なのです」

数年。

それは土山章平という建築家の名が売れはじめ、メディアでよく耳にするようになった時期と一致する。個性的なデザインという触れこみと共に。

それがシンメトリー主義への目覚めと同じ、ということは、土山の建築家としての躍進には、少なくとも、このおかしな主義が関わっているということだ。

「……数年、ね。数年前に、シンメトリーに目覚める出来事があったわけだ」

「ハイ。そうですね……シンメトリーの美に目覚める前の私は、まあ我ながら優等生的な建築家だったわけです。〈一〇〇点満点の答案があれば、八〇点を確実に取れる〉ような……そこから先の二〇点は時の運で、取れたら儲けって感じで。つまらないでしょう?」

「マジでつまらないね!」

「そう言ってくれるから貴方はいい。私自身、そんな自分に自分で嫌気がさして、新しいインスピレーションを受けるために海外へ旅立ったんです。……場所は〈ギリシャ〉。〈古典建築主義〉の核たる土地ですよ。そこなら、自分に〈絶対的な感性〉を授けてくれる〈何か〉がある……藁にもすがる思いで、私は飛びました」

思い出を追うように、土山は視線を上げて、虚空を見つめた。

その目には、間違っても、この屋内の無個性な内装は映っていないだろう。心と視界は、数年前のギリシャへと飛んでいる。

「そこで〈神殿〉に出遭ったんです」

「〈神殿〉? ……………パルテノン神殿とか、ヘパイストス神殿とかの?」

「ええ。まあ、私が見たのはもっと小ぶりな……パンフレットにも載っていない、朽ちた神殿でした。何の神を祀る場所かも、ガイドには教えてもらえなかった。そもそも観光ルートから外れていたんです。彷徨って、導かれるように、偶然出会った…………それはまさに〈忘れられた神殿〉でしたが、私にとっては〈忘れえぬ神殿〉だった…………」

　土山の瞳は、うっとりとしている。

〈恋焦がれる顔〉のモデルとして適当だろう。だがそれは言い換えれば、現実を見つめない男の顔であり、現世からどこか離れた、遠い何かを崇めている顔である。

　こういう表情ができるということは、その人間の魂が、この世から浮いていることに他ならない。

　露伴は改めて、土山章平という男に〈危険性〉を感じた。地に足をつけない生き方は、地を生きる何者かを踏みつけることを厭わないからだ。

　しかしそれはまだ、この場で指摘するべきことではなく……露伴は話の続きを促した。

「それで……その神殿が、なんだっていうんだ？」

「〈美しかった〉…………古代の遺跡です、朽ちてはいました。しかしその姿から、神殿のかつての完成図がありありと読み取れた……。朽ちてなお、その神殿は崩れぬ特徴を保っていたのです」

　土山は、一度言葉を切り、息を大きく吸った。

　わざとらしく〈間〉をとっているようにも思えた。

「……驚くべきことに……その神殿の構造は細部に至るまで、劣化してなお、完全無欠の〈シンメトリー〉でありながら、複雑な美と同居していた……〈シンメトリー神殿〉だったのです」

「……そこで、君はシンメトリー主義に目覚めた？」

「衝撃でした。自分の、今まで見てきた世界はウソなんじゃあないか、って思えるくらい……人間が思いのもとに組みあげた、完成型のシンメトリー構造。それは〈不思議な力〉を持った建築物でした。こんな建築があるのか……私は体中の価値観を洗い流されたのです。〈これ以上の美は存在しない〉と理解したッ！」

――妄信者の言い分だな。

それが露伴の感想だった。土山にとって、それは洗礼だったのだろう。

露伴は土山章平という人物の精神構造が、だいたいつかめてきた。それはやはり〈主義〉ではなく〈妄信〉なのだ。

善悪はともかく――共感はないが、理解はした。この男は〈創造〉をしない。

それと、疑問が生まれた。

「なるほどね………君のエピソードはよくわかった。しかし解せないな。だとすれば、どうして〈この校舎はシンメトリーじゃない〉んだ？　むしろ、その主義に真っ向から反逆しているように思えるが」

「まあ………そこが〈プロの苦悩と悲哀〉というやつですかねぇ～～～～……」

フゥ――――、と。土山はわかりやすく溜息をついた。

神経を逆撫でする仕草だ。世界を見下していることがよくわかる。

そして、席から腰を上げた。

「歩きながら話しましょう。このつまらない校舎を眺めたりしながら……ピクニックの速度で」

「私は最初、デザイナーとして完璧な仕事をしようとしました」

土山の足は、階段を上っていた。

一階から二階、三階……練り歩くように。階段は校舎の東西に一か所ずつ、両サイドに設置されていて、それはシンメトリー主義に沿ったものであるかもしれない、と露伴にも思えた。ただ、この階段も大概につまらないもので、小、中学校の記憶が蘇ってくるような武骨なものだ。

露伴は土山のあとをついて歩きながら、その〈どこを見てもつまらない〉内装にある意味で感心していた。幼稚園児でも呼んできて、壁に落書きなんかさせたほうが面白くなりそうだ。

土山は、そんな風景とは裏腹のことを口走った。

「私もプロですから。やるからには〈良い物〉を作ろうと思うのです」

「そのわりには、どこをどう見ても……つまらないように見えるけどな。なんだい、あの教室の扉。トイレ用とかの間違いじゃあないのか？」

「アハハハハハハハハ——ハハハ——ハハハハハハハハハハハ。めちゃウケ」

何がツボにはまったのか、土山は大笑いする。というか、笑い声の多い男だ。

土山は四階への上り階段へ進む。足取りは順調に、最上階である五階へ向かっている。

「……発注者との間に齟齬があったんです」

不意に土山が言い、露伴は首を傾げた。

「ソゴ？」

「私は自分の信じる〈シンメトリーの美〉に基づいて〈いい仕事〉をしようとした……私の名は、あの神殿の美術を再現した〈シンメトリー建築法〉で売れたのです。私のネームバリューを頼りに、生徒を増やそうという目論見で発注したのなら、私の持ち味を活かすべきだ……」

土山の声は静かだが、震えていた。

恐怖ではない。それは〈怒気〉だ。

露伴はその時点で感じていた。これは〈殺人者の告白ではないか？〉と。校舎の新築を決めた学長が死に、目の前に憤っている男がいる。既に状況証拠としてはわかりやすすぎるほどだ。

しかし、それを気にしている場合ではなくなった。

土山の独白の、続きを聞いた時点で。

「〈完璧にならない仕事〉に、行う価値はないのです。その結果が、この不細工な校舎」

「……なに？」

露伴の眉が動いた。

土山はそれを意にも介さない。生きた人間を見つめない。

だから平気で、その先を言ってしまった。

「左右の対称性が崩れた、調和を欠いたデザインなんて〈どうやったって醜い〉。ものごとは〈くっきりと左右に分かれ、はっきりと明確〉であるべきだ。〈シンメトリー〉でなきゃ〈等しく無価値〉であり、〈真面目にやるだけ無駄〉ということです」

その言葉は――当然、露伴にとって頷けるものではなかった。

〈ニコラ・ド・スタール〉の抽象的表現に哀愁を感じる、露伴にとっては。

「〈トイレは各階に一か所だけでいい〉？……〈大型のコンピューターと冷却設備を入れるために大き目の部屋を増やせ〉？〈教室はまとめて配置してくれ〉？……耐えがたい。内部構造を偏らせることで外観にどれほどの影響が出ると思っている……。〈排煙設備の設置基準〉を潜り抜けながら美観を保った〈開口部〉を設ける時点でどれほどの苦労をしているというのか……耐えがたい。私が仕事をするに値するオーダーではなかった」

「………だから、つまり……なんだ？　どうせポリシーに反するのだからと……〈適当にデザインした〉？」

「ピンポォ～～～～ンッ！　そのとおりです」

土山は胸を張って言ってのけた。

その態度に………露伴は、〈プロとしての意識の違い〉を、決定的に感じ取った。

「はっきり言わせてもらうが……土山章平。表現に拘りがあるのはいい。だが拘りとは、〈道のない大海原〉を進むための〈舵〉のようなものだ………しがみつくものじゃあない。それが〈目的地〉に向かっていないなら、それこそ〈無価値〉だ」

「…………何が言いたいのですか？」

「これは〈プロの仕事〉じゃあない」

露伴は、〈これ〉と言いながら、床を指した。適当に選ばれたであろうタイル地の、滑りやすそうな床。デザインへの拘りもなければ利便性への配慮もない。

なおも、露伴は続ける。

「〈シンメトリーの美〉……たしかにあるだろう。表現を貫くのも立派なことだ。だが、それに拘って仕事ができないなんてのはガキの我儘だろう？　〈シンメトリー〉を崩しながら美しくする手段を見出せない……ぼくには〈実力不足〉の言いわけとしか思えないな」

「………知ったふうなことを言いますね……」

「そもそも、世の芸術家やデザイナーは〈アシンメトリー〉の美を多く表現している……かつて西欧の芸術家が、〈浮世絵〉なんかの和製美術に感動したのは、その〈アシンメトリーの調和〉に驚嘆したからだ」

「〈アシンメトリーの調和〉ぁぁァァ〜〜〜〜〜〜〜？」

土山は鼻で笑った。たとえ表情を見なくとも、それが馬鹿にしたもの言いであるということは感じ取れる声音で。露伴はかまわず、真実を続けた。

「たとえば〈エドガー・ドガ〉がそうだ。彼の手がけたバレエの絵画は〈アシンメトリー〉の構図だからこそ美しい……〈アシンメトリー〉は流転なんだ。写実的に〈瞬間〉をとらえたから、奥行きが〈アシンメトリー〉で、一瞬だけの……生きた美しさを描けるんだ」

土山の顔から、ニヤつきが消えていった。

それは、血の気と共に。表情と血色の薄くなったその顔は、シンメトリーに整形されているせいもあって、まるで人形のような無機質さがあった。

震えながらも、土山は口を開いた。

「………生きた美しさ……無粋の極みだなぁ〜。それは〈崩れている〉と言うのでは？美しさとは〈永遠に明確〉であるべきだ」

土山の、そのデザインされたシンメトリー顔を見て。機嫌を損ねてなお、シンメトリーを損ねないその顔を見て。露伴は改めて思った。

〈つまらない顔だ〉と。

「違うな。日本にも〈平等院鳳凰堂〉という優れたシンメトリー建築の美はある……だが同時に生きた人間へのもてなしを追求した〈妙喜庵〉や〈如庵〉という茶室には、優れたアシンメトリーの美がある。調和があり、〈機能美〉に沿った〈様式美〉がある。〈床の間〉がシンメトリーに配置されているのを見たことはあるか？　侍が髷結って歩いてた時代に、既に〈実用性〉と〈美〉を兼ねた先人がいるのに、君は今を生きるプロとして金貰っておきながら、〈無知と我儘〉を振りかざしているだけなんじゃあないのか？」

大きな音が鳴った。

土山が両の足で、床を蹴りつけていた。力加減は同等。両脚同時なので、それは単なるジャンプになった。筋力を均等にしているというのだから当然かもしれないが、律儀なものだ、と、露伴は冷静にそれを見る。

「…………貴方なら〈わかってくれる〉と思ったのに」

「〈わかってもらう〉ことを投げる時点で、プロじゃあないね」

土山の顔から、完全に表情が消えた。

表情に変化がないのは〈機嫌のいい人間〉の反応ではないということを、露伴は知っている。

土山はしばし、白い顔で階段を眺めていた。〈金払ったから席を立つに立てず、駄作映画を見ている〉ような目だった。その視界にいっさいの価値を見出さない目だった。

その目で、露伴を見て。

「アシンメトリーへアーのクセに」

そう呟き、土山は再び進みだした。

「…………」

土山がアシンメトリーを馬鹿にすること自体、そもそもムカっ腹の立つことなのだが、露伴はその瞬間、チョッピリだが、髪型を馬鹿にされてキレる人間の気持ちがわかった。

足取りは五階へ。

〈立ち入り禁止〉の看板が置かれていたが、土山はそれを自然と無視した。露伴もそのあとにつき、進む。五階へ上がれば、長い廊下があった。

東西両側の階段から登ってくると、向かい合うように進路のぶつかる廊下。

その廊下のちょうど中央に、大きな両開きの扉がある。他に出入り口らしきものは見当たらない。

つまり、〈この扉が五階にある唯一の部屋への入り口〉なのだ。

即ち、〈変死事件の現場はここだ〉ということである。

それを、土山も知らないわけはないだろう。だというのに、彼は恭しく扉の取っ手に手をかけると……しっかり均等に力をこめて〈両開きの扉〉を開いていく。

シンメトリーな男が、シンメトリーな仕草で、〈両開きの扉〉を扱う。それはあまりにも状況ができすぎていて、どこか現実感がない。

土山は、無言でその部屋の中へと入っていった。

少しばかり、逡巡したが……そもそも露伴の好奇心の元、取材の本命は〈この場所〉なのだ。

躊躇っている場合ではない。土山に続き、その中へ踏みこんでいく。


――――そして露伴は、異界を覗いた。


「これは…………ッ！」

そこは〈多目的ホール〉だった。

中央正面に〈舞台〉があり、そこを中心に、扇状に広がる形で座席が配置されていた。

おそらくは講演や、研究発表などに使うことを想定されたホール。

それ自体は、大学の校舎に存在することに、特に疑問はない。

驚くべきは、そのホールが、徹底した〈シンメトリー・ルーム〉であったことだ。

全体の構造はもちろん。

照明の配置。座席の配置。通路の配置。ダクトの配置。音響用のスピーカーの配置。それらがシンメトリーに作られていることは、べつに珍しいことではない。

だが、それでいて、校舎の内装のように無機質ではない。

露伴は不覚にも、一瞬、その部屋の光景に心奪われていた。ぼんやりと室内を眺めながら、まっすぐに歩き、視界を流れていく景色がシンメトリーであることに驚愕した。ホール中央まで進みながら、眺めるすべてが完全なシンメトリーであることを実感した。

高い位置に設けられた明り取りの窓は、ステンドグラスのように多色のガラス成型。そこから差しこむ外の光までも、左右対称に整い、淡い市松模様の床を照らして、複雑な陰影を描きながらも、なおシンメトリーを崩さない。

壁紙は幾何学的な模様が綿密に配置され、それらもやはりシンメトリー。革を張られた座席の〈シワ〉の具合や〈張り〉具合。床への〈ホコリ〉の溜まり具合。ホールを通る〈空気の流れ〉。時間経過が作り出す、細部の微妙な〈劣化〉に至るまで。

マクロからミクロに至るまで。

それは土山の身体と同じく、徹底したシンメトリー。

完全なる〈シンメトリー・ルーム〉が、そこに存在した。

「この部屋は――」

土山の声は、露伴の背後から響いた。

思わず振り返る。いつの間にか……土山は、ホールの外へ出ていた。開いたままの入り口の扉から、ホール内の露伴を見る。シンメトリー男である土山の外見は、ホール内から見てなお、ホールの景色と調和している。

「この部屋だけは……私の理想を追求しました。一般的な住宅や小ぶりな施設では、これだけのものを表現するスペースがなかった……〈校舎〉は〈隠れ蓑〉であり〈外殻〉にすぎない。その〈外殻〉までもシンメトリー化できなかったことは辛いですが……」

「……何を言っている？」

「この〈ホール〉は、私の理想。かつて見た〈シンメトリー神殿〉の建築法を、今までで最も限りなく活かしてデザインした……〈再現神殿〉なのです」

ギギ――、と。耳障り(みみざわ)な音が響いた。

「百聞は一見に如かず。論より証拠。シンメトリーを理解しない手合いには、じっくり見せてやるのが一番早い……それは実力ある者にとって、非常にスマートな解決方法なのです」

扉のこすれる音だった。

瞬間、露伴の脳内にはけたたましい警鐘が鳴り響いた。

「おい、待てッ！　何をするつもりだッ」

「この部屋に居ればわかります。〈シンメトリーの美〉………貴方にはわかってもらわなければならない。アーティストの務めとは〈美〉という教えを伝導すること。この部屋はそのための〈神殿〉。………心配しないでください。〈夜には迎えにきてあげますから〉」

閉まっていく入口の扉へ向かって、露伴は走った。

しかし、間に合わなかった。〈両開きの扉〉は〈がちり〉と閉められ、すぐに施錠の音が続いて聞こえた。

閉じこめられたのだ。そう、鍵の音が伝えていた。

「クソッ！」

露伴は扉を叩いた。

ガァン、という金属的な音すら、ホール内に左右均等に反響して、楽器のように鳴った。

非常に頑丈な扉で、ホールの内側からはいっさい、鍵に干渉できそうな余地がない。

〈完全なるシンメトリー〉が、岸辺露伴を閉じこめていた。

「ビクともしない……完全に閉じこめられたッ！　あの男、最初から狙っていたな……だとすれば、まずいことになった。……おそらくここは〈殺害現場〉！　殺された学長も、この部屋へ誘いこまれたのだとしたら――」

焦っても、騒いでも、出入り口の扉は開かない。

露伴は扉の取っ手から手を離すと、スイッチを切り替えるように息を吐いた。深く、長い息。焦りながらも、思考回路をニュートラルへ戻すために。

「夜には迎えにくる、だと？　……信じられたものじゃあない。……最初からぼくを殺す気だったんじゃあないか？　……シンメトリー主義への反論を行ったために」

この状況は〈危機〉だ。認識は正しくしなければならない。

露伴は改めて、多目的ホールの中を見渡した。

なるほど。パッと見て入口らしいものは、最初に使った〈両開きの扉〉くらいだ。それなりの席数を有するわりに、入り口はひとつ。やはり様式美のために、機能性を捨てている。

しかし、このホールには外の光が差しこんでいる。

露伴は窓を見上げた。天井近く、高い位置に窓が並んでいる。……とても高い。梯子なしに上るのは無理、というものだ。

「なかなかどうして……こいつは面倒な状況だな。今はまだ、外の光が差しこんでいるからいい……カーテンとかされてないのは助かったな。だが、土山は照明をつけていかなかった。…………夜がくれば〈闇〉だ。チンタラしているわけにはいかない」

露伴は打ち合わせをすませてから、ここへ来た。

〈秋の日はつるべ落とし〉。

おそらく、太陽が沈むまでの時間は長くはないだろう。

残り時間の確認が必要だ。露伴は現在時刻を確認するべく、左腕の腕時計を見た。

「…………………?」

そこに、〈黒い手〉がしがみついていた。

「なにいいいいイィ――――――――ッ⁉」

驚愕する。

それは明らかに〈人間の手〉ではなかった。まるで影……いや。〈黒い手形〉が、独立して張りついているような、ペラペラの手。

しかもそれは、親指と小指の区別がつかない、右腕とも左腕とも判然としない……〈シンメトリーの手〉。それがギリギリと露伴の左手首を摑み、爪で引っかきはじめる。

「なんなんだこいつはッ！　いつの間に近づいた⁉　いや、それよりも……ヤバいッ！　攻撃されているッ！」

露伴はとっさに、自分の腕で〈シンメトリーの手〉を振り払おうとした。

しかし、どうやらその手には〈厚み〉がないらしい。叩けど、掃えど、それは露伴自身の腕や腕時計を痛めつけるだけの結果となった。

「こ、こいつ……こちらからは触れないのかッ？　この〈黒い手〉のほうからは一方的にこちらへ触れているぞッ！　……う、腕が………」

凄(すさ)まじい力だった。

「腕の肉が〈抉(えぐ)られていく〉ッ！」

ガリガリと、血を噴き出しながら露伴の腕が削られていく。鋭利な刃物をねじこむように、肌が破かれ、毛細血管が蹂躙(じゅうりん)されていく。だからといって、やられているだけではすまさない。

「――――〈ヘブンズ・ドアー〉――――ッ！」

それが、岸辺露伴の能力。

空中に描き出された〈少年の像〉が浮かび上がり、〈シンメトリーの手〉を〈本〉にする。

能力は〈相手を本〉にし〈動きをある程度拘束〉し、〈命令を書きこむ〉……。〈シンメトリーの手〉が中指のあたりから見開きのようになってめくれ、床に落ちたことで、露伴は攻撃を解除させることができた。

「……スタンドが通用して助かった……とりあえずは、直面した危機を打開できたが……」

さっそく、露伴は床にしゃがみこみ、〈本〉にした〈シンメトリーの手〉を読もうとした。

しかし、理解せざるをえなかった。

危機の打開には、未だほど遠かったことを。

「なんだ……？　〈この文字〉は。……読めないぞ」

めくる。めくる。ページをめくり続ける。

何枚ページを開いても、出てくるのは〈謎の文字〉。露伴の能力を持ってしても、その〈手〉からはいっさいの情報を読み取ることができない。

「見たこともない文字だ……全部〈シンメトリーの文字〉。……ひらがなや漢字の真ん中に〈鏡〉を置いたような感じだ。……だが命令を書きこむぶんには〈依然問題ない〉――」

露伴はペンを取り出すと、開いた〈シンメトリーの手〉のページに、文字を書きこもうとした。さしあたり、セーフティの意味をこめて。〈岸辺露伴に攻撃できない〉と。

その、〈岸〉の字の、〈山〉の部分を書いた直後。

――突然、攻撃が再開した。

「なにッ!?」

〈本〉にされていた状態から、即座の回復。〈シンメトリーの手〉は、めくれていたページをすべて閉じて、露伴の持っていたペンを攻撃しようとした。

咄嗟にペンを持った右腕を引くと、〈シンメトリーの手〉は空中で軌道を変え、再び露伴の左腕に張りつき、ガリガリと引っかきはじめる。

「う、――おおおおぉぉぉォォッ!!　こ、こいつッ……〈ヘブンズ・ドアー〉を跳ねのけるほどのパワーッ!　なんなんだァ――――……ッ!?」

爪の食いこむ痛みに顔をしかめ、露伴は左腕を大きく振った。先ほどよりも強い力……明らかに〈パワーアップ〉している。

だが……露伴はその攻撃を受けながらも、即座に〈あること〉に気がついた。

「こいつ……ぼくというよりも、腕だけを執拗にッ！　こいつの狙いはッ！」

露伴はとっさに腕をひっくり返し、腕時計のベルトに触れた。金属製のベルトは革のように食いこむことがなかったのが幸いし、片手の操作でパチン、と外すことができた。

そのベルトから腕を引き抜くと……〈シンメトリーの手〉は腕時計だけを攻撃し続け、クシャクシャに握りつぶしていく。

攻撃から逃れた露伴は、未だ血の滴る傷口をもう片方の腕で押さえながら、攻撃され続ける腕時計を眺めていた。

「………やはり、最初の〈攻撃対象〉は時計だった！　ぼくの腕から、腕時計を外そうとしていたんだ……しかし、なぜだ？　なぜ腕時計だけを狙った……？」

この疑問の解決は、露伴にとって急務に思えた。

閉じこめられているという状況の中で、同じ空間に、得体の知れない敵意を持った存在がいる。しかもそれは〈ヘブンズ・ドアー〉をものともしないほどの力。

「〈ルール〉があるはずだ。……この力は間違いなく、普通じゃあない。普通の人間には行えない攻撃。法則が……〈ルール〉がある。〈ルール〉を理解しなければ勝てないッ！

そうでなくては……ぼくはおそらく〈変死事件〉の当事者になるッ！」

露伴は考える。この攻撃は単純ではない。

明らかなパワーの増大。不可解な攻撃対象……人間の意思に従って、理性的に行われている感じではない。腕時計に執着する動きを見せたということは〈シンメトリーの手〉は単純な殺意ではなく、〈一定の基準〉……〈ルール〉に沿って襲ってくるということだ。

これは自動で起こる〈現象〉。

一定の〈ルール〉に沿い、法則性のもとに動くからこそのパワー。

「〈シンメトリー〉だッ！　考えろ！　こいつは〈シンメトリーの手〉……厚みとかはない。真上から見て左右対称であるだけの図形……恐らくはそれが〈キーワード〉」

露伴は思い出す。

この空間は、土山章平が〈理想を追求した〉部屋。土山の〈シンメトリー主義〉とは、シンメトリーを至上に置き、その他を無価値と断ずる排他的な思想だ。

「……ぼくは、腕時計を〈左腕〉につけていた！　土山は両腕に！　いや、腕時計だけじゃあないぞ……彼は服装からアクセサリー、髪型に至るまで、そのすべてがシンメトリーッ！　あの在り方が、この部屋にとっての〈シンメトリー主義への敬意〉だとするなら……」

ふと、顔を上げた露伴の視界に、その閃き（ひらめき）への答えとも言える光景が飛びこんできた。

腕時計は、完璧に破壊されていた。

文字盤の文字ひとつ読み取れないほど、細かく、粉々に解体されて。

そのパーツが、席と席の間の通路中央。部屋全体に対して〈シンメトリー〉になるように、広げられていた。

「こいつは〈自浄作用〉だッ！　この部屋の完璧なシンメトリーを守る！　攻撃が再開し、パワーアップしたのは、ぼくが〈シンメトリーでない文字〉を使用したせい……。あらゆる〈アシンメトリー〉に反応して……だとすれば……ヤバいッ！　〈まだ攻撃は続いている〉ッ!!」

〈御名答〉という言葉の代わりのように。

〈シンメトリーの手〉は、再び床を這い、露伴に迫っていた。

〈這い寄る〉という表現が正しい。それほどの速度ではないが、確実に。蛇が地面を滑るような気配と共に、矛先を露伴へ向けている。

「〈ドレスコード〉だ……」

しかし露伴の推理は、その間に進行していた。

「その場に応じた相応しい装い……。〈高級レストラン〉がノーネクタイでの入場を拒むように、定められた格好……。この空間内において、ぼくがシンメトリーではなかったから……そもそもは〈片腕だけに腕時計をしていたから〉襲われた……！　そして、今はッ！」

露伴は自分の服装を確認した。

長袖の上着……イタリア――トスカーナ地方――への旅行にも着ていった、暖かな造りの……ボタンがついている。〈左前〉に留める構造の物。

「クソッ……気に入っているんだぞッ！」

露伴は、かつて山の別荘地を取材したことを思い出した。

人に〈マナーを順守させる〉山。命を弄(もてあそ)び、残酷な試練を与える場所ではあったが、あれは〈神の試練〉だった。〈敬意〉を試す場であり、人間の傲慢(ごうまん)に憤っていた。この場所は違う。この場所から与えられる脅威は〈単純に傲慢〉であるとしか思えない。

露伴は迷う暇もなく、ボタンをブチブチと引きちぎりながら、上着の前を開けた。空中に弾け飛んだボタンが、カツン、カツン、と高い音を立てて床へ跳ねる。

「これではまだ足りない……〈ボタン穴〉を再現しなくては！」

露伴は手持ちのペンで、無理やり上着に穴をあけていく。猶予はあまりない。乱暴に引き裂く！　……良い生地の上着というのは丈夫だ。なかなか容易ではない。

「脱ぎ捨てるしかないッ！　…………ハッ」

露伴は、状況の悪化に気がついた。

〈シンメトリーの手〉は……まるで目がついているかのように。いや、振動を感知したようでもあるが……。とにかく、確実な認識を伴って……〈床に落ちたボタンを見ている〉

ようだった。

何か、唾棄すべきものを見つけたような。ピカピカに磨きあげられた床に、痰を吐いた男を目撃したような、嫌悪感のにじみ出る気配。

そして――〈シンメトリーの手〉はボタンではなく、露伴のほうを向いた。

「…………服装、だけじゃあないのか……？　こいつ、〈この空間のシンメトリーを崩す〉行為そのものを攻撃するッ！　ボタンを乱雑にぶちまけたのはマズかった……！　ぼくはこの部屋の美観を損ねたと判断されているッ！」

露伴は〈シンメトリーの手〉が迫る前に、床に落ちたボタンを拾いに走った。ボタンは四つ……床に置くにしても、おそらくはシンメトリーに配置しなくてはならない。

ひとつ、ふたつ、拾い集める。三つ……四つ目がない。

床を這うようにして、座席の下を探す。外から差しこむ光だけでは薄暗く、なかなかボタンが見つからない。その間にも、露伴の元へ〈シンメトリーの手〉は迫る。

露伴は咄嗟にスマートフォンを取り出すと、カメラ用のバックライトで座席下を照らした。きらりと光る、小さなものが確認できる。

必死に手を伸ばし、それを拾おうとする。ギリギリのところで、届きそうで届かない。〈シンメトリーの手〉は既に、露伴の腹のあたりまで迫っていた。

不意に、露伴は〈変死事件〉のことを思い出した。

腕時計がこの場でのルールに触れ、〈罰〉とばかりに破壊されたあと、残骸を〈シンメトリー〉に広げられた。……では、人間はどうなる？

――〈アジの開きのような死体〉――。

その情報から想像できる光景が、脊椎に氷水を流しこんだような悪寒を伴って、露伴に確信を与える。いかにしてそれが作りあげられるのか。露伴にはありありと想像できてしまう。

手を伸ばす。座席の下へ、伸びない手を、ガムシャラに。

「ハァッ……ハァッ……ハァッ……！」

無理な体勢で手を伸ばしているせいか、床に圧迫される胸が呼吸を阻害する。息を荒らげるたびに、埃っぽい空気をいっぱいに吸ってしまう。

痛みが走った。

「グゥッ！」

突き刺すような鋭い痛み。胸元だ。肌ごと、露伴の上着が引きちぎれていく音がする。

一思いに破壊するのではない。抗議するように。

じわじわと、身体を〈中心線から開いていくような痛み〉。

「うおぉぉぉぉぉぉォォ――――ッ！」

メキメキと、嫌な感触。やや、肩の関節を痛めただろうか。

露伴は力まかせに腕を伸ばし、ようやくボタンを拾うことができた。しかし、まだ終わりではない。露伴は〈出血によって床を汚した〉のだから。

弾かれるように反対側へ走る。部屋全体で見てシンメトリーになるように、血の跡を落とさなければならない。露伴は自分の汚した、床の血の形を覚えていた。

「やるしかないッ！　ぼく自身の手でッ！」

露伴は指先を胸元の傷口に突っこみ、抉った。叫びそうなほどの痛みが走った。だが、やめるわけにはいかない。〈インク〉に見立て、己の血を使って、自分の汚した床と〈正反対〉になるように、瞬時に〈床に汚れを描いていく〉。

露伴でなければできない芸当だっただろう。床全体に、露伴の血が左右対称に広げられる形になった。

すると、〈シンメトリーの手〉の攻撃が緩んだ。

この期を逃す手はない。露伴はその隙に、四つのボタンを〈左右均等に〉配置して、床に置いた。攻撃が再開する前に、ザクザクと上着をペンで突き、ボタン穴を広げて。ポケットを膨らませるスマートフォンを取り出し、ズボンのベルトを外し、そういったものはすべて床の中心線上に並べていく。仕上げとばかりに――本当に、ものすごくシャクであったが――セットされた髪をくしゃくしゃにかき乱し、血をポマード代わりに、真ん中分けに直していく。

だが、まだ足りない。〈シンメトリーの手〉は消えない。考えられる原因はひとつ。

しかたがない――。

「――ぐ、ァ、アアアッ！」

露伴は最初につけられた〈左腕の傷〉をモデルに、自分の右腕へと、ペン先を突き立てる。そして全く同じシンメトリーになるように、傷口を作った。

〈シンメトリーの手〉は露伴から離れ、ゆっくりと床に降りた。そして部屋の中……驚くべきことだが……完全に左右均等にできている影の中へと、消えていった。

「…………攻撃は、やんだ……」

大きな大きなため息をつき、露伴はその場に腰を下ろした。

完璧な〈シンメトリー・ルーム〉……傲慢な美観。〈完成されたデザイン〉が作り出す〈保護力〉の攻撃を受けた……そう解釈した。

胸元を見下ろせば、シャツを突き抜けて、肌が開くように裂けていた。馬鹿力の怪物が素手で〈カエルの解剖ごっこ〉とかをしようとすれば、こういう傷がつくかもしれない。

「……恐ろしい部屋だ……いっさいの寛容はない。相手に〈シンメトリーを敬う〉ことを強要して、それができなければ死ぬ……。〈神殿〉……〈信者〉以外を受け入れない……」

荒らげた息を整えながら、露伴は室内を見渡した。

外から差しこむ光が、茜色に染まりかけている。一度傾いた秋の日は、尋常ならざる速度で闇へと姿を変えていくはずだ。

露伴には〈焦燥〉があった。しかし、それ以上に〈怒り〉がわきつつあった。

「……自分の信じる〈美しさ〉……なるほど、けっこうだ。だが……それに共感できない人間に、〈矯正（きょうせい）〉か〈死〉を迫るこの部屋は、違う……あの男はやはりプロじゃあない。建築家としても芸術家としても。〈誇り高い仕事〉よりも〈妄信の表現〉を振りかざしている」

息切れを治めると、露伴は立ち上がった。

ホールの中を進みはじめる。進行方向は舞台側。

「夜、迎えにくるだと？　……冗談じゃあない。脱出してみせるぞ。……この部屋の〈美の押しつけ〉には屈しない」

露伴はホールの中を、舞台へ向かって、まっすぐに歩いた。

夕刻の訪れと共に、暗がりが広がっている。しかし……暗がりの中に隠れたものが、近づくにつれて浮かびあがってきた。

舞台脇に設けられた、ふたつの通路。

「……それなりに大人数を収容するホールだ。いくらこの場所が〈神殿〉とはいえ、現代建築として作られているのならば……やはり、あったな。〈非常口〉だ」

座席数から考えて、火災などの発生の際に逃げられる扉がひとつ、というのでは難色を示されるはずだ。一目ではわかりづらい奥まった部分に、デザインを損ねぬように〈非常口〉が設置されているのは、予想できることだった。

非常口のドアは頑丈であるだろうが、それでも、そうそう既製品以外の物を使わないはず。とっさの避難に使うのであれば、即座に開けられるようできていないと意味がない……施錠されていたとしても、入口の扉より、幾分かは弄りようがあるはずだ。

露伴は、向かって右側の通路を進んだ。このあたりは神殿の美観としては、あまり考慮されていないのだろう。手摺があり、壁も床も簡素な物だった。

その先には、やはり扉があった。普段の使用を想定されていない、武骨な扉。試してみる価値はありそうだが――。

露伴は扉の取っ手に手をかけ、目を見開いた。

「……鍵がない」

可能性は考えていたとはいえ、あまりにもあっけない。露伴はゆっくりと力をこめて、その扉を開いていく。外からの光が、薄暗い非常通路に差しこむ……――。

途端、再び〈シンメトリーの手〉が現れた。

「くそッ！」

露伴は慌てて扉を閉めた。

〈あっけなさすぎた〉がため、罠である可能性も考慮していた……しかし、その予想は最悪の形で当たってしまった。〈シンメトリーの手〉は扉を閉めたことで消えたが……とても安心できる事態ではなかった。

「この扉は使えない……部屋の両脇に存在するから、〈片方を使うとシンメトリーを崩してしまう〉！　両方の非常口を同時に開けなければ……〈ひとりではこの非常口は使えない〉ッ！」

しかも、それは単に〈非常口が使えない〉以上の、より一層深刻な事実を意味していた。片方の非常口を開けることが、〈シンメトリーの手〉からの攻撃条件を満たしてしまうなら、同時に、示される問題がある。

それは——。

「……つまり、こういうことか……？　このホールにおいて……〈部屋の中央以外からは脱出できない〉。この非常口だとか……明かり取りの窓だとか……左右に配置されているもの……〈どちらかを使えばシンメトリーを崩してしまう〉ものは、すべて使えない。……という、解釈になるな……」

それは、非常に強力な制限だった。

結局のところ、このホールにおいて使用可能な脱出口は、中央に設置された最初の出入り口、〈両開きの扉〉しか存在しないという事実。

そして、その扉は固く閉ざされたままだ。

まさに八方塞がり。

だからこそ、土山はただ〈両開きの扉〉だけを施錠したのだ。どの道、他の出入り口が見つかったとしても〈原理的に使えない〉と知っていたがために。夜まで待ち、土山が〈両開きの扉〉を開ける以外に、脱出口は存在しない。待つ以外の手段が、存在しない。

いや、それどころか……下手にこのホールのシンメトリー構造を崩す行為は、その時点で攻撃対象になるのだ。ロクにホール内を調べることすらできない、ということだ。

「……クソ……ヤバいぞ。すごくヤバい。想像以上に……」

露伴はホールの中央に陣取り、歩くことをやめた。下手に血などを滴らせ、ホール内を汚しては、その時点で攻撃されてしまう。歩き回ることも危険だった。

考えなければならない。じっくりと思考を練り、出口に辿り着かなくては。

「…………なに？」

しかし、どうやら状況はそれすらも、許してはくれないようだった。

〈シンメトリーの手〉が出現したのである。

動きは早くないが、じりじりと、露伴のほうへと這い寄ってくる。

「……なんだ？　ぼくは〈何もしていない〉……〈ここにいるだけだ〉ッ！　この部屋のシンメトリーを崩すことなんて、何もッ！　服装だってシンメトリーにしたはずだッ！」

露伴は自分の格好を確かめるため、服を触り、真ん中分けにした髪に触れた。

そして、恐ろしい事実に気がついた。

掌に触れた、顔の感触で理解した。目、鼻、唇……それに、身体の輪郭。いや、そもそも指先だとか。肌の上のホクロだとか。

人間の身体は、普通……〈アシンメトリーにしかならない〉。

「土山は…………自分の身体を〈シンメトリーに整形〉していた……。あれは、美的感覚というより……〈知っていたから〉じゃあないか？〈そのままでは攻撃される〉と……自分の身体を、徹底的にシンメトリー化するのは……〈安全にこのホールの美観を眺める〉ためなんじゃあないのか？」

おそらくは、それが答え。

この部屋が徹底的に〈シンメトリー〉を追求した結果……〈露伴の生まれ持っての外見自体が、この部屋のルールに反している〉と判断されはじめている……ということだ。

そもそも最初から、〈夜まで待つことなんてできない〉ということだ。

「〈時間制限〉があるッ！　人間がちょっとやそっとで、自分を〈完全なシンメトリー〉にすることなんて、できるわけがないッ！　〈異教徒〉は殺す前提の部屋……やっぱり脱出しなくてはならないッ！　どこか、この部屋の中から出られる場所を探さなくてはッ！」

露伴は出入り口、〈両開きの扉〉の元へ走った。

ダメでもともとばかりに、扉を叩く。ガンガン、と無機質な音が響くが、扉は軋(きし)むことすらない。まるで〈核シェルター〉とかのような丈夫さで、絶対にこの部屋からは出してやらない、という意思が感じられる。

「クソッ！　ここしかないだろ！　ここだけだッ！　部屋の〈中心線上〉に存在する出入り口はここだけだぞッ！　〈物理的に唯一〉ッ!!」

だが、無慈悲なまでに、その行為は無駄だった。

露伴の〈ヘブンズ・ドアー〉のパワーでは、扉を破ることもできない。もちろん、人間の腕力でどうこうなりそうなものではなかった。

第一、力まかせに中途半端な破壊を行えば、その時点で〈シンメトリーの手〉の攻撃は加速するはずだ。鍵を壊すことすらも、考えなしには行えない。

がんじがらめだった。ありとあらゆるすべてが、理不尽な〈ルール〉のもとに動いていた。最初から勝ち目のない〈ルール〉の中で、露伴は戦わされていた。

それは、〈絶望〉と呼ぶにふさわしい状況。

じわじわと、タイムリミットと共に、〈シンメトリーの手〉が迫ってくる。

「…………なにもかも、完全なシンメトリー……この室内を、崩す隙などない。この部屋の〈ルール〉は……鉄壁なのか」

露伴は、諦めることだけはしなかった。

必死にホールの中を見渡し、思考を巡らせ、脱出の方法を考え続ける。しかし、考えど、考えど、自問自答した可能性はひとつずつ消えていく。

出入り口の〈両開きの扉〉は、駄目だ。

高く備えられた〈明かり取りの窓〉……部屋の左右に振り分けられている。駄目だ。

〈非常口〉……どうやってもシンメトリーを崩さずには使えない。駄目だ。

〈壁〉を破壊する……そんな破壊力を生み出す手段がない。駄目だ。

天井の換気口……これもまた、左右に振り分けられている。駄目だ。

綻（ほころ）ばせることのできない〈完全なるシンメトリー〉。

壁がシンメトリー。

天井がシンメトリー。

扉がシンメトリー。

座席がシンメトリー。

足音の反響もシンメトリー。

差しこむ光も、シンメトリー。

部屋にできる影も、シンメトリー。

空気の流れすらもが、シンメトリー…………………。

「…………」

露伴は、顔を上げて天井を見た。

「……〈空気の流れすらも、シンメトリー〉……だと？」

室内の電灯は機能していない。ブレーカーが落とされているのだろう。同時に、エアコンやファンだとかの電気的な空調設備が動いている気配もない。

だが、この室内に空気の閉塞感はない。

なぜか――。

エアコン用の開口の他に、〈換気口〉があるからだ。土山は、この空間を〈機械的な設備〉がなくとも完全なシンメトリーになるよう設計している。窓から差しこむ光と同様、空気の流れも。だから換気口がある。

換気口がある、ということは――。

「――ダクトがある」

閃きのままに、露伴は走りだした。

換気口の配置は部屋の左右に振り分けられ、中央に設けられたものはない。当然、換気口は脱出のための出口として使えない。だが。

「……このホールには、使用できないとはいえ〈非常口〉が存在した……〈完全な美観〉を求めるなら、そもそも設けたくはなかったはずだ……」

だが、現に〈非常口〉はある。なぜか？

「それは、この部屋が結局〈現代の建築物〉の中だからだッ！」

ならば、確実に〈それ〉はある。ホール内に換気口があり、換気口を繋ぐダクトがあるのなら。〈それ〉はどこかにある。

杜王町は〈雪の降る町〉だ。ダクトの保温機能は、メンテナンスを怠ってはならない。ましてこの〈完璧な空気の流れ〉が、土山にとっての美の一部であるなら、〈万にひとつも結露など起こしてはならない〉。

そもそも、土山はなぜ自ら校舎を訪れていたのか？

彼は自ら、この完璧な〈シンメトリー・ルーム〉の点検を行っていたのではないか？

――雪の降る季節がくる前に。

「ぼくの予想が正しければ……それはホールの中心線に沿って存在しているはずだ。他人に使わせるための非常口とはワケが違う……〈このホールの維持に必要なもの〉ッ！　そしてそれは、おそらくホール全体の美観を損ねない位置にッ！」

露伴は部屋の中央を突っ切って、出入り口とは逆方向へと突っ走り……〈舞台〉を駆け登った。そして、確信と共に天井を見上げた。

ホールに入り、席に座るのでは、絶対に見えない位置。

教会でいえば司祭の立つ場所。

舞台の天井。照明の並ぶ陰に隠れて、ど真ん中に。

「あったぞ！　……〈天井点検口〉だッ！」

果たして、〈それ〉は存在した。

天井裏に上るための、人ひとりが通れる小さな扉。

土山自身が使うとしても問題がないよう、ホールの左右のどちらにも寄らず、完全に中心線に沿って配置されている。

「天井裏に上れるぞ！　聞いたことがある！　……天井裏っていうのは、通路が設けられていたりする……なぜなら〈天井裏からなら、簡単に天井材を踏み抜いてしまえる〉からな。ってことは、天井裏から廊下側まで出れば……やったぞッ！　〈ぼくの勝ち〉だッ！」

光明が差した。

ホール内の〈ルール〉を崩さず、脱出するための出口。それが見つかったのだ。完璧な勝利のように思えた。薄暗い天井から、実際に希望の光が射しているかのように思えるほどだった。

実際に、それはこのホール内の、唯一の綻びだった。

たったひとつ残された、勝利の条件だった。

「…………」

だからこそ――土山章平が、それを予想していないわけなどなかったのだ。

「…………天井が……〈高すぎる〉」

そう。

そのたったひとつの出口は……露伴から見て、数メートルは高い位置に存在した。

たとえ、露伴がその素早い手の動きで、ジャンプ中に〈天井点検口〉を開閉できたとしても……そもそも〈人間が跳躍して届く距離では、絶対にない〉。

〈外部から足場を持ちこまねば、絶対に届かない〉。

それはたしかに、土山にとっては施設維持に必要な物であり、建築家としての泣きどころだったのかもしれない。たったひとつ、脱出の可能性を与えてしまうものだったのかもしれない。

だが、この空間に閉じこめられた者にとっては、非常口と同じように……ギリギリで希望をチラつかせ、絶望に叩き落とす、〈悪趣味な装置〉でしかなかったのだ。

変死したという学長は、この事実にまで辿り着いただろうか。

非常口が使えないことを知り、必死にホール内を探して、天井点検口を見つけたのだろうか。

そして……それが仮初の希望であることを知って、絶望しながら死んだのだろうか。

「――ハッ！」

気配を感じた。

露伴が振り向けば……すぐそこに、〈シンメトリーの手〉は迫っていた。〈もう満足か？〉〈理解したのか？〉と問いかけるように、そこにいた。

確実に〈タイムリミット〉が迫っていた。

ようやく見つけた、最後の希望を前にして。

それが絶対に届かないものだ、という事実と共に、〈確実な死の気配〉がそこにある。

今までよりもくっきりとした形を持って。

「……こいつ……〈伸びて〉いないか？　腕が……部屋の中が、暗くなるにつれて……」

目を凝らした。

そして、気づいた。

「……〈手〉だけじゃあない」

そう。〈シンメトリーの手〉は、〈手〉だけではなく、今やその身体の全貌を露わにしていた。

完全なる〈シンメトリーの両手〉。

完全なる〈シンメトリーの両脚〉。

それらを備えた、〈シンメトリーの人影〉が、のっそりとした動きで起き上がっていた。

足音など響かないが、〈ヒタヒタ〉というオノマトペを感じさせる。どこか悍ましさを伴った動きで、じりじり、露伴へと近づいてくる。

いや……人影、というのは適当でなかったかもしれない。

なぜならその影には……左右対称、均等に生えそろった〈角（つの）〉が存在したからだ。

山羊（やぎ）だとか、牛だとかのような頭部。その姿に対し、受ける印象があった。

「……土山は、この場所を〈神殿〉だと言っていたが……」

違うんじゃあないか？

〈神殿〉などではないんじゃあないか？

西洋であれ、東洋であれ……人間の宗教は人間を肯定するものだ。原罪だとか戒律だとか、そういうもので縛れど……〈神は己の姿に似せて人を作った〉と考えたりするものだ。

多くの宗教画に描かれる救世主や天使の姿を思う。

「〈アシンメトリー〉であることを……咎（とが）めたりなどしないはずだ。祀られているものが〈神〉ならば……人間の造形、〈デザイン〉を正したりしないはずだ」

だから、違うんじゃあないか？

土山が見つけた建物に、祀られていたものは、〈神〉などではないんじゃあないか？

「ここは……」

土山の再現したものは……〈伏魔殿（パンデモニウム）〉なんじゃあないか？

人間を呼びこみ、その心と身体を弄らせて、強制的に従わせる。

閉じこめて、出口を求めてもがく様を眺めて、嬲（なぶ）り殺（ころ）す。

それは〈神〉というよりも、神話の怪物だとか、〈悪魔〉の所業であるというほうが、ずっとしっくりとくる。希望をちらつかせ、しかし救いは与えない。

「なるほど、読めてきた……あの常軌を逸した様子は〈悪魔憑き〉だ。土山め……まんまと魅入られたわけだ」

だが、ここに至ってそんな推理だとか、〈現象の由来〉に辿り着いたところで、直面している現実は変わらない。露伴の置かれた状況は、変わらない。

〈シンメトリーの人影〉は、チェックメイトを知らせに現れたのだ。


――〈このホールからの脱出は、物理的に不可能にできている〉。


それが絶対的な、この〈シンメトリー・ルームの事実〉。

……だが。

「――この岸辺露伴をなめるなよ」

それはあくまで、この部屋の事実。

〈露伴にとっての真実〉とは、違う。

「これで〈クリア〉だ。依然、変わりなく……。届けばいいんだろ？　天井まで。なら問題ない……なにひとつ。カフェで突然求められたサインに、とっさに応えるのと同じくらい――」

露伴の手が、空中に〈少年の像〉を描き出す。

岸辺露伴の能力——その名は〈ヘブンズ・ドアー〉。

「——〈いっさいの問題はない〉」

能力の対象は、自分。

露伴の身体が、見開きの形で本になって開いた。その余白に、自分自身への命令を書きこむべく、ペンを走らせる。

「〈アシンメトリーな文字は使えない〉んだったな……でも〈与えられたルールの中で最大限、目的の表現をする〉なんてことは、漫画家なら当たり前だ。まして……ぼくはプロだからな」

露伴の身体の中心線に沿って、ページに文字が刻まれる。

文字……ひらがなや、漢字ではない。

〈数字〉だ。


——〈1011100111101110100111001110100110011011100110010101111001010111110001001100111010011001110111011110〉——。


線と円だけで構成された、完全なシンメトリー。

1と0の羅列。

「〈シフト・ジス〉……カタカナを〈機械語〉へ変換した。半角の短文なら、スペース十分……1と0の羅列に変換して書きこめる……しかし、やはり直(じか)の取材は良い。〈自分で体験した知識〉は息づいて、〈表現を助ける武器〉になる」

露伴の身体が、重力に逆らっていく。

露伴自身に記述された、新たな命令に従って。

「そして美術館のときもそうだったが……改めて自分に使ってみると恐ろしい能力だ。〈ヘブンズ・ドアー〉…………物理法則とか関係ない。命令のとおり、〈ウエヘフットブ〉」

露伴は〈ルール〉を犯していない。〈シンメトリーの人影〉には裁(さば)けない。

地面が離れていく。景色が弾け飛び、露伴の身体がまっすぐに天井へ跳ねた。

その一瞬で十分だった。

一瞬で天井点検口を開けるくらい、岸辺露伴には容易(たやす)い芸当。

それが、真実なのだから。

土山は、鼻歌を歌っていた。
まるでクリスマスプレゼントを開封する子供のような、弾む気持ち。スキップ交じりの

足取りになろうかという上機嫌ぶりで、五階への階段を上っていた。

ホールに閉じこめた露伴を、約束どおり迎えにきたのだ。

「ああ、そういえば彼の名前を聞き忘れた………もったいなかったかもしれない。でもまァいっかぁ〜〜〜。生きていれば聞けばいいいし、死んでいたらどうでもいいからな」

露伴が生きていた場合、それは〈シンメトリーに染まった〉ということだ。と土山は考えていた。

死ぬことなくシンメトリー・ルームの中に居続ければ、かつて〈神殿〉で自分が体験したのと同様、〈完全な美〉の素晴らしさに気づいてくれるだろうと。

死んでいれば、それはそれで残念だが……そのときはそっと立ち去ればいい。

〈学長〉と同じ。部屋が勝手に裁いただけの結果なのだから、土山は自分が容疑者だとか、参考人だとかになる心配をいっさいしてはいなかった。

シンメトリーの美に染まっているか。

死んでいるか。

そのふたつの可能性しか考えていなかった。

だから――

「――来たじゃあないか、約束どおり」

「えっ？」

〈岸辺露伴が生きて脱出している可能性〉に、まったく気づいていなかった。

土山の前に現れた露伴は、ボロボロだった。

その有様を見て、土山は露伴がホール内に居たことだけは確信できた。のだが。

「………貴方、どうして〈ホールから出ている〉んです？　……ありえない。あのホールは完璧なんだ……〈あの神殿〉の美観を完璧に再現したうえで、出入り口に外から鍵をかけたんだ。外に出られるわけが――」

「名乗っていなかったな。ぼくは岸辺露伴……漫画家だ」

疑問にいっさい答えない露伴に、土山は面食らった。しかし、すぐに気を取り直した。

露伴が〈生きている〉ということは、〈シンメトリーの美〉に従ったからだと考えた。

脱出方法はともかく、〈理解者〉になってくれたはずだ、と。

「漫画家……畑違いではあるが……〈同じ表現者〉なのだったら、わかってくれましたよね？　あの部屋の美しさ！　あの素晴らしい美を、誰に対しても理解させたい気持ちッ！　優れた物があるのに、それを認めない者への怒り……〈共有〉してくれましたよねええェエ〜〜〜〜」

「〈同じ〉じゃあない」

露伴は、強く断言した。

「ぼくは〈読んでもらうため〉に漫画を描いている」

「わ……私も同じですッ！〈見せるため〉に建物を作っているッ！」

「オイオイ、国語の授業苦手か？　ぼくは〈読ませるため〉じゃあない。自分の美への理解だとか求めて〈ちやほやされるため〉でも、ない」

「……わ、私だって同じ……名声が欲しいわけじゃあない。ただ、〈美〉をわからせようと――」

「一緒にするな。ぼくは〈プロ〉の話をしている」

静かだが、強い否定だった。

露伴の言葉にこめられた侮蔑（ぶべつ）が、土山を刺した。それはどんな刃物の攻撃よりも、鋭く土山を突き刺した。

「ち……違わねーだろォォ〜〜〜〜ッ！　何も違わねーッ！　こっちだって〈プロ〉だッ！　プライドを持ってるッ！　テメーとどこが違うってんだッ！　テメーだって自分の作品を読者に読ませてーんだろうがッ！　気取って線引きしてんじゃあねーぞボケがッ！」

「違うね。〈読んでもらう〉ってのは無理やり押さえつけたりとか……閉じこめたりして、〈面白いです〉って言わせることじゃあない」

語り続けながら……露伴の手が、ゆっくりと上がっていく。

淡々と、しかし確実な怒りと決別をこめて。

「〈本当に面白い漫画を描く〉だけだ。しっかり取材して、真剣に向き合って、定められたページの中で……与えられた条件の中でな。そうすれば雑誌に掲載され、〈読んでもらえる〉」

人差し指を伸ばし、土山へ向けて。

ビタッ！　と突きつける。

「たしか……聞いたよな？　ぼくが〈どうしてホールから出ている〉のか……不思議に思ったんだよな？」

「……そ、そうだッ！　使える出口なんてなかったはずッ！　脱出するなんてありえないッ！　あの部屋から出るにはただひとつ、出入り口の扉――」

「〈扉〉はひとつじゃあない」

突きつけた指を、露伴は瞬時に動かした。神業と言っていい速度だろう。

空中に浮かび上がる、少年の像。

「――――ぼくの能力は、〈天国への扉（ヘブンズ・ドアー）〉」

その瞬間、土山の意識は途切れた。

脳天からつま先まで、綺麗なシンメトリー。〈見開きの本〉になって、その場に倒れた。

露伴はペンを片手に、土山の側へしゃがみこむ。

ページをめくりながら、読んでいく。

なんの興味も、わかなかった。

「……やっぱり、こいつ自身の能力とかじゃあ、全然ないな。あの部屋……。つまらない経験しかないぞ。借り物の力と美学で、よく堂々とできたもんだ」

露伴はページの余白を見つけると、一文書きこんだ。

「他人にさんざんルールを押しつけたんだ……今度は自分が制限の中で生きてみるんだな」

「じゃあ先生、次の読みきり四五ページ、そういう感じでお願いしまァーす」

「年末進行で、締切が今月末か…………暇だな」

冬と言っていい寒気が訪れていた。

若き編集者、唐沢との打ち合わせも何度目かになる。若いなりに吸収も早いのか、話を重ねるごとにやりとりがスムーズになっていた。

ただ、本日はカフェ屋内の、特に暖房の当たる席を用意されていた。

寒い屋外から入店したばかりは良かったが、これはこれで長居には暑苦しく、極端なものだ、と露伴は思う。汗が滲（にじ）んでしまってしかたがない。

もういい加減、店を出たいのだが、やはりどこかタイミングを掴むセンスに欠けているのか、唐沢は世間話など始めてしまった。

ただ――それは露伴の興味がわかない話、というわけでもなかった。

「そういえば先生。こないだ大学行ってたじゃあないですか。取材だとかで……。それと関係あるような……ないような感じなんスけどぉー、あそこ、有名な建築家が設計してたみたいでぇー……天才建築家とか呼ばれてたっぽいんですけど。〈土山章平〉」

「ああ…………らしいね」

「その天才建築家、捕まったらしいですよ。〈スランプ〉がいきすぎて、自分が設計した建築中の物件に放火したとか」

「ふーん」

「なんかこういう〈奇行〉に走った天才……って感じのニュース、漫画っぽくないスか？先生のインスピレーションの助けになればなァー、と思ってエーっ」

「〈シンメトリーが美しいと思えなくなった〉だけでな……所詮（しょせん）その程度の奴ってことか」

「……シンメトリー？」

「ところでさぁ～、そろそろ出ようよ。いくらなんでも暑いんだよ、ここ」

経費で落ちるということで、会計は唐沢にまかせ、露伴はカフェの外に出る。
肌を刺すような風。鈍色(にびいろ)に染まった雲が、太陽を覆い隠している。
肌に冷たい何かが触れ、雨か——と、露伴は眉をひそめながら空を見上げる。
風の流れに乗って、一片(ひとひら)。
白い雪が、露伴の掌に舞い降りた。
「………フン」
遥か空の上で生まれた、氷の結晶。自然の作り出した、完全なシンメトリー。
そこに、美を強要する傲慢さは感じない。
風に乗って、重力に沿って、掌に触れれば、溶けて消えてしまう。
ただ美しくできて、そこに在った。

楽園の
落穂
吉上 亮

1

ランチ・コースの突き出しで出されたのは、丸く可愛らしいプティ・パンだ。焼き立ての香ばしい匂いがテーブルいっぱいに拡がる。

杜王町に最近オープンしたばかりのカジュアルフレンチのレストランだった。

開店から常に予約がいっぱいで席を取るのは至難の業という人気店だが、新しい仕事を依頼したいという編集者がランチの個室席を用意したのだ。

プレゼン段階の顔合わせでここまでするのは、相当なやる気を感じる。ちょうど仕事に余裕もあったし、とりあえずぼく――岸辺露伴は、話を聞くことにした。べつに話題の店に行ってみたかったというわけじゃあない。

「いやぁ、ここ東京にいたときはよく通っていたお店だったので、露伴先生にもぜひご紹介したいと思ってたんですよぉ」

向かいの席に座った大男が、嬉しそうにパンに齧りつく。すでに三個も食べている。その食べっぷりに釣られて、ぼくも二個目を食べそうになったが自制した。料理の前にお腹いっぱいになったら、せっかくのランチが楽しめない。

男の名前は移季年野。料理専門雑誌の出版社に勤務している。三一歳。バツイチ。ちょっと前のロック歌手やアイドルみたいな名前だが、本人は樽のように丸々と太った巨漢だ。たっぷりと肉がついた顔は暑苦しいが笑顔を絶やさないので妙な愛嬌がある。袖から覗く体毛はびっしりと濃く、頭に茂ったもじゃもじゃの髪からぴょこんと大きな耳が突き出す姿は、なんだか牛が人間の扮装をしているみたいだった。

「……とりあえず今日は話を聞くだけのつもりで来たんだ。ランチタイムの一時間だ。それを過ぎたら帰らせてもらうぜ」

「はい～。あ、でも今回の仕事、絶対露伴先生にぴったりだと思うんですよねぇ」

「まったく大した自信だな……。――ちなみに先に聞いておくけど、その子は誰なんだ？」

彼の横に座る子供を一瞥する。まだ五歳くらいの女の子だ。ひどく痩せており、強くカールした癖毛の髪で頭が膨らんで見える。

「うちの娘の羊ですぅ。男手ひとつで育ててまして、僕がいつも一緒にいないと駄目なんですよぉ。あ、でもぉ、大人しいので編集部でも人気ですから大丈夫ですよぉ」

羊は、父親に促されてぺこりと頭を下げたっきり、こちらのほうを見ようともせず、すぐに父親のでっぷりとした脇腹にひしと抱きついた。かなりの人見知りのようだった。

「ふーん。まぁ、騒がないでいるならぼくはいいけどさ……」

ぼくは子供が嫌いなわけじゃあないが、好きでもない。ガキはわけのわからないことを、わけのわからない理由でいきなりやったりするからだ。

前菜が運ばれてきた。杜王町で獲れた鮮魚と地元の露地野菜を使った冷前菜。たっぷりと盛られており、香り高いハーブとビネガーの酸味が嬉しい。

「んん～、美味しいですねぇ～！」

移季は一口ごとに賞賛しつつ、解剖でもするかのように仔細に料理の中身を確認し、娘用の取り分け皿に料理を移す。妙に几帳面というか過保護といった感じだ。それを羊がもそもそと食べるが、一口食べたっきり、皿を父親に突き返してしまう。

ぼくも前菜に取りかかりつつ、話を切り出す。

「……で、そろそろ仕事の話を聞きたいんだけど」

「あっ、そうでしたぁ～」

すっかり食べるのに夢中になっていた移季が、がばっと顔を上げた。

「露伴先生にご依頼したいのがですねぇ。実はウチの雑誌、人気作家とコラボしたグルメ漫画を毎月掲載するんですよぉ。その大切な第一回を、ぜひともお願いしたくて――」

「グルメ漫画ァ……？」

ピタリと、ぼくはフォークとナイフを動かす手を止めた。

「一応聞くけどさ、君、ぼくの漫画って読んでるんだよな？」

「ええもちろん！　デビュー作のときからファンですよぉ！」

「それだったら、ぶっちゃけ、作風がグルメ漫画向きじゃないと思わないわけ？」

「はいもちろん！」

「……おい、そこは編集なら、『そんなことありませんよ、先生』って否定するところだろ」

「ああっ、すみません……」

移季が身体を縮こませてシュンとした。巨体のわりに小動物のような仕草をする。

「でもぉ、露伴先生が以前に描かれた漫画に登場した海外ブランド、おかげでバッグがすごく売れましたよね。先生の漫画って描くものの魅力を伝える強い力があると思うんです！」

いきなり両手を摑まれそうな勢いで移季が身を乗り出してくる。テーブルががたんと大きく揺れた。料理が吹っ飛ばないように、テーブルの縁をがしっと押さえる。

「……と言っても、グルメ漫画って流行りすぎて、実際、もう陳腐化してるだろ」

「たしかに、僕もこのテのジャンルは詳しいですから、単に美味しい食べ物を紹介したりするだけじゃ読者が満足しないのは百も承知してますよぉ。うんうん」

「自分で言って頷くなっての……。――でも、まぁ、その調子なら何かテがあるのか？」

カマをかけた。ここでアイデアを丸投げしてくるなら、席を立って帰るつもりだ。

「フフフ……聞いて驚かないでくださいねぇ。なんと、露伴先生のために〈楽園の落穂〉

を取材できる手筈(てはず)を整えたんですよぉ！」

移季はとっておきの切り札を披露するように満面の笑みを浮かべた。

「〈楽園の落穂〉？」

聞いたことのない名前に、思わずオウム返しになる。

「え……、知らないんですかぁ？」

移季がぽかんと大きく口を開けた。知ってて当然のことを知らないんですかと言わんばかりの反応にカチンときた。意地でも聞き出してやる。

「いや、前に小耳に挟んだことはあったけどさ……。ほら、そうもったいぶらずに話してみろよ。専門家の君だったらぼくよりよっぽど詳しいんだろ」

「えぇ、そう言われると緊張しちゃいますねぇ～」

移季が口元で合わせた両手を擦(こす)り、コイバナを恥ずかしがる少女みたいにもじもじする。

「あのですねぇ、〈楽園の落穂〉って、食品業界では伝説の希少小麦なんですが、それを生産している村からですね、露伴先生であれば……って取材ＯＫをもらったんですよぉ！」

「……おい、ちょっと待て。〈楽園の落穂〉って小麦の品種のことなのか？」

「当たり前じゃないですかぁ。実際に口にしたのは僅(わず)かな人間のみ、なのにその全員がこぞって味を賞賛している伝説の品種――、え、めっちゃ気になりません？」

「そう言ったって、しょせん小麦だろォ？　大した違いなんてないと思うぜ」

ちょっぴり興味を惹かれたが、いくらなんでも地味すぎる。しかも話を聞く限り、なんだか業界っぽい胡散臭さがある。変に売名行為に利用されるのは勘弁だった。

（やっぱり、この仕事、断るか――）

熱弁を振るう移季の話を遮ろうとしたが、ちょうどメインの肉料理が運ばれてきた。地元産の牛を使ったロースト。柑橘系のソースにも、杜王町で栽培された地元特産のフルーツを使っている。

少し考え直した。出された料理を残すのも申しわけない。これを食べ終わったら、手切れ金としてランチの代金を置いて帰ることにしよう。

そう考えると、急にこの美味いランチを楽しもうという気分になってきた。

だが、ふいに視界の隅に羊が映った。彼女は、父親が取り分けた肉をフォークで刺して持ち上げ、疑り深く凝視してから口に運んだ。まるで毒が入っていないか警戒するような態度。やはり一口だけ食べ、残りは父親に押しつけた。

「……なあ、さっきから気になってたんだけど、君の子供さ、――そんな辛気臭い顔で食事されると、こっちもマズくなるんだよな」

「あ、その……」

「べつに娘を可愛がるのはいいけど、甘やかすのはよくないとぼくは思うんだよな。食事の席には食事のマナーってものがあるだろ？」

先ほどと一転して黙りこくった移季が、ぼそぼそと話しはじめる。

「あ、いや、実はこの子……、小麦アレルギーなんですよ。ほら、今の世の中、コンビニでもレストランでも食べ物の大半には小麦が含まれてるでしょう？　だから僕が彼女の食べるものはちゃんと見てあげないといけなくって――」

そして、つけ合わせの野菜を切り分け、娘の取り皿に移す。

「ほら、これは食べられるからな。ちょっと試してみようか」

そして料理に口をつけた娘の頭を、移季が優しく撫(な)でる。

「娘のことで気分を悪くされたならすみません。仕事の間は、ちゃんと静かにしていられる子ですから、どうにか勘弁(かんべん)していただけませんか？」

「……そういう事情なら、お伺いなんか立てるもんじゃあないだろ」

なんだかバツが悪くなり、再び料理を口に運ぶ。料理の味は見事だった。

「――ところでですね」

移季が早々に肉を平らげ、皿に残ったソースをパンで拭(ぬぐ)い取(と)る。

「さっきの村なんですが、そこの村長、実は僕の大学からの親友なんですよ。農業系の先端企業で遺伝子組み換え作物の研究をしてたんですが、ある日急にすべてのキャリアを捨てて、山奥に移住して村を開拓しはじめたんです」

ふいに移季が切り出した話に興味をそそられた。

「……へえ、なんでそんなことを？」

「それが〈楽園の落穂〉ですよぉ。別名、〝世界最古の小麦〟――。どうです？　成功が約束されたエリート街道を捨てる決断までさせた伝説の小麦って気になりませんか？」

たしかに、もう少し話を聞いてもいいと思ったが、相変わらず胡散臭い印象は拭えない。

「じゃあどうして急に取材をＯＫしたんだ？　話を聞く限り、その〝世界最古の小麦〟とやらに相当ご執心みたいだし、部外者を招きたくないのが普通だと思うんだけどな」

すると、移季が意を決したように姿勢を正した。

「――実は、取材の件、彼から『親子でウチの小麦を食べにこないか？』と誘われたのがきっかけなんです。そこで露伴先生の話をしたら、ぜひ一緒にと言われまして」

「いや、ちょっと待て。親子で食べにこい……って君の娘は小麦アレルギーだろ」

「――ええ、だからですよ」

移季のこれまでになく険しい表情。それは男の、父親の顔だった。

「露伴先生。彼からは口止めされていたのですが、〈楽園の落穂〉は、『口にした人間の体質を劇的に変質させる力』があるらしいんです。それがあれば、娘の小麦アレルギーを治すこともできるかもしれない――そう、あいつは僕に言ったんです」

「食べたら小麦アレルギーが治る小麦……？　矛盾してるぞ、普通、あり得ないぜ」

「あり得ないとしても、僕の親友はそれが『ある』と言った。それが〝嘘〟か〝真実〟かは確かめてみなければ絶対わからない。そして僕は、親友の言葉が真実だと信じて行動します。アレルギーを治してあげて、娘に食事の楽しさを教えてあげたいのです」

断固たる覚悟だった。それが移季年野という男を食へと衝き動かす動機なのだ。

(……なるほど)

ぼくは移季の話を反芻した。世界最古の小麦。口にした者を劇的に変質させる代物。小麦アレルギーさえ治す小麦という矛盾した存在――。

「――面白いじゃあないか。その〈楽園の落穂〉に興味が湧いた。取材に行くとしよう」

2

その村は、関東圏内の、とある山の頂上の岩地にある。

過去に起きた地殻変動によって岩盤の一部が隆起し、地上と隔離された岩場の土地が生まれ、独自の生態系が作り上げられた。温帯な日本にあって、冷涼な気候で年間の降雨量もかなり少ない乾燥した気候の土地。だから、人が暮らすのには向いていない。

実際、〈楽園の落穂〉栽培のために開墾されるまで、人の手が入ったことがない土地だったから、道路が整備されていないため車両は使えず、村への移動手段は徒歩しかない。

山の麓にあるローカル路線の無人駅で下車し、登山コースをある程度進んだところで、さらに村人が造成した山道を半日近く登ったすえ、ようやく村に辿り着くのだ。

その登山行程は、過去の取材で山登りの経験が何度もあったぼくでもかなりきつかった。山道が整備されているといってもほとんど獣道だし、村が近づくにつれて剝き出しになった岩肌を登らねばならなかった。

当然、巨漢の肥満体である移季にとっては過酷だった。頻繁に休憩を取らざるをえず、あやうく山中で陽が暮れるところだった。そんな父親と比べ、娘の羊は痩せた身体と裏腹に淡々とあとをついてきた。そして父親がへばるたびに、ぼくの袖を摑んで合図するのだった。

さらに困ったことに、移季が休憩のたびに、かなりの量の食事と水を平らげるので、途中からこちらの分も与えざるを得ず、山頂付近では水も食料も尽きていた。

だが、そのおかげでわかったこともある。移季が大食漢なのは、そうしなければ娘の羊が必要なだけの食事を摂らないからなのだ。羊が一回あたりに食べる量はごく僅かでしかない。必然、娘に最低限必要なカロリーを摂取させるためには、アレルギーの有無を見分ける毒見役であり食事を分け与える移季の食べる量が増えざるをえないのだ。

移季羊は、父親が口にしたものでなければ絶対に食べない。そのやり方が正しいのか判断はつかない。だが、移季なりに娘を深く愛していることは理解できる。

とはいえ、彼らにつき合っていたままでは、村に辿り着くまでに陽が暮れてしまいそうなのも事実だった。最後の山道は険しいがまっすぐの道だったので、一足さきに村へ向かった。やや息が苦しい。酸素も地上に比べて薄いのだ。

そして、ようやく山道を登りきり、開けた場所に出た瞬間だ。

これまで夜が近づき薄暗くなっていたはずの視界が、突如、眩い光に包まれた。

（これは――）

その畑の麦の穂は丈が高く、しっかりと根を張っている。猫の髭のような長い花軸が天に向かって伸びており、山の冷涼な風にそよぐたび、その身に浴びた夕暮れの陽の光をきらきらと攪拌させている。その煌めきが無数に連なり輝く波を生み出してゆく。

麦畑は、まさしく黄金の海だった。収穫を間際に控えた時期でなければ拝めない光景。

「……正直、もう帰るかって何度も思ったが、これなら苦労したかいがあったな」

さっそくカメラを取り出し、資料用の写真を撮りはじめる。

そうしているうちに背後で足音がした。草と土、砂利を踏みしめる音。遅れてきた移季たちが追いついたのだろうか。思ったより早い。

「なあ、君のおかげで結果的にちょうどいいタイミングだったようだぜ」

バシバシとシャッターを切りまくりながら、声をかけた。

「――それはよかった。あれはウチの村の……人間の言葉で言えば、神様、ですからね」

岩肌に吹く風のように怜悧な男の声。ぼくはシャッターを切る手を止めて振り返った。

背後に立っていたのは、背の高い男だ。日に焼けた褐色の肌にチェック柄のシャツ、ジーンズに頑丈な作業靴を履いている。眼鏡だけ学者然とした太い黒縁のものだ。

「……あんたは？」

「取材に来られると聞いていた岸辺露伴先生ですね。ようこそわが村へ。私の名は――」

「ショウゾウ！」

男が名乗りかけたところで、移季の声がした。ちょうど坂を登りきっていた。疲労でへばっていたはずだが、意気揚々と、娘の羊を肩車して走ってくる。そしてタックルするかのような移季の巨体を、ショウゾウと呼ばれた大男ががっしりと受け止める。

「久しぶりだな、トシヤ、ヨウちゃん」

「本当に久しぶりだなぁ」

そして身を離し、ふたりはかたく握手を交わした。そのまま小躍りしそうなほど互いに喜びに溢れていた。人見知りの羊もささやかだが笑みを浮かべている。

「その感じだと、あんたがこの村の村長ってことでいいんだな」

「ええ」大男はぱっと移季から手を離し、露伴の手を両手で握った。ごわごわとした硬い皮膚の感触。「私は屋宜沼猩造。この〈楽園〉の栽培管理をしています」

「〈楽園〉？」

すると、屋宜沼はニンマリと笑って、黄金に輝く麦畑を見やる。

「さきほど見た景色でおわかりでしょう。ここは私たちの、小麦の楽園なんですよ」

傾斜地に築かれた村の集落に踏み入ると、高台にある麦畑は見えなくなった。

一〇戸ほどの家屋は、人の気配はあるが灯りはなく、内部は窺い知れない。そこかしこから家畜の鳴き声が聞こえてくるのだが、見回す限り、厩舎は見当たらなかった。とにかく人気に乏しく、奇妙なほど静かで、厳粛な空気が支配している村だった。

ぼくたちは集落にあるゲストハウス——といっても、「三匹の子豚」で次男子豚が作った木の小屋みたいな粗末なものだ——に荷物を置き、屋宜沼の案内で村を進んでいった。

「……それにしても、よくこんなところで小麦が育てられるな」

小石が多く混じった地面は、お世辞にも滋養豊かな土地には見えない。

「岸辺先生は、辺境起源説をご存知ですか？」

「いや」

「農耕の起源を、肥沃な三日月地帯ではなく、より辺境の、狩猟できる食料が不安定な土地で暮らす人々が、安定した食料を得ようとして農耕を始めた——というものです」

「そんな土地では、そもそも小麦も育たないんじゃあないのか？」

「そのとおりです。しかし、本来であれば生育不可能な寒さの厳しい地域に自生し、繁殖していた超古代種が存在した」

「——それが〈楽園の落穂〉だったと？」

「ええ、太古の昔、岩石の土壌で僅（わず）かな養分を蓄え、多くが枯れ落ちるなか、強い生命力を持つ麦穂のみが繁殖を続け、〈楽園の落穂〉となったのです」

「それが、この村だとかなりの規模に育ってるみたいだな」

「麦畑ができるようになったのは、人間たち……いえ、村人たちがつきっきりで行う献身的な世話のたまものですよ。今は、三〇名ほどの人間と家畜が暮らしています」

「そのわりに、家の灯りひとつ見えないな」

「私たちの村のモットーです。可能な限り超古代麦が生きていた時代と同じ暮らしをする。この村に電気は通っていませんし、ガスや水道も引かれていない。すべて自給自足です」

「……じゃあ、どうやって麦畑を造成したんだ？」

「もちろん全部人間の手でやったんですよ。このあたりは耕作機械も入れない土地ですから、私たちで石を拾い、雑草を抜き、土を耕して麦が育つ環境をゼロから作った」

「おいおいおい、これを全部ってマジかよ」

啞然とした。正直、引くくらいだ。

「あんたたち、よっぽど、〈楽園の落穂〉に魅（み）せられたんだな」

「むしろ、これが人間と作物の本来の正しい在り方なのです」

ちょっと厭味（いやみ）っぽく言ってみたが、まるで動じない。これはこれで相当な信念がある。

「――今からおよそ一万年前の農耕革命の成立は、小麦と人間の共生を決定づけました。

それは単なる人類の選択ではなかった。小麦にとっても、人類との出会いは、自らの繁殖に利するという点において運命的なものでした。ずば抜けた知能を持ち集団行動に長けた人類と遭遇したことで、小麦をはじめとするイネ科植物は、安定した生育と自らの遺伝子拡散を大規模に行えるようになったのです」

「まるで、あんたは自分が小麦であるかのように話すんだな」

「小麦は繁殖に人類を頼り、人類は繁殖に小麦を頼る。そこに違いはありませんよ」

そして屋宜沼が、二本の見た目の違う麦穂を取り出し、掲げてみせた。

松明の火に照らされた麦穂は、濃い陰影のなかでその姿を晒す。びっしりと穀粒が並んだ現行品種と違い、〈楽園の落穂〉は穀粒が細長く数も少ない。外皮もかなり分厚かった。

「世界中で栽培されている現行のパンコムギ種とかたちが異なるでしょう。これが栽培種と野生種の違いです。私は、ある目的から既存の遺伝系統に属さない全く新しい品種を生み出すために遺伝子改良実験を繰り返した結果、この超古代種に辿り着いた。原始社会において生育していた小麦の原種のひとつ、それが〈楽園の落穂〉でした」

「そいつをあんたは現代に蘇らせたってわけか」

「不幸にも、一度は歴史の表舞台から姿を消してしまった。ですがそんな過ちは二度と起きませんよ。やがて人間はみな〈楽園の落穂〉を栽培するようになる」

静かな口調だが、滲み出るような熱狂が感じ取れた。

屋宜沼は単に食物として小麦を育てる以上の感情を〈楽園の落穂〉に対して抱いているようだった。それは信仰とさえ言えるほどだ。

「ところで、〈楽園の落穂〉は口にした人間の体質を変える力があるって聞いたけど――ソイツは本当なのか？」

いきなり核心を突いた。なぜなら、ぼくの興味はその一点にあるからだ。

「……ええ、それは間違いありませんよ。のちほど岸辺先生自身もお食べになって試してみるといいでしょう」

不躾な質問にもかかわらず、屋宜沼は動じず、ニコリと笑みを返してくる。

「それってさ、具体的にどう変わるんだい？」

「一概には言えませんね。人それぞれです」

「ふうん」屋宜沼をじっと凝視し、あえて挑発気味に言った。「見たところ、あんたは何も変わってないように見えるけどなぁ」

「そうでしょうか？」屋宜沼は移季を見やった。「どうだ、トシヤ。私は変わったかい？」

「外見はかなり変わった感じがするんだけどなぁ……、あ、露伴先生。昔のショウゾウは、いかにも学者って感じの線の細い美少年だったんですよぉ」

「そこまで詳しく話さなくていいんだけどな……。――まぁいい。じゃあ、屋宜沼サン。ぼくも、〈楽園の落穂〉を食べたらあんたみたいにマッチョマンになるのか？」

「どう変化するかは岸辺先生次第としか言いようがありません。ですが、少なくとも食べたあとは、確実にあなたらしいあなたになっているはずだと断言しましょう」

「大した自信だな。その言葉、たしかに聞いたぜ」

「事実を事実として言ったまでですよ」

そしてぼくたちは、鬱蒼と茂る草を踏みしめ、さらに先へと進んでいく。

「生憎、刈り取りはすでに終わっていますが、小麦の精製はまだやっています」

屋宜沼は丸太を割った橋を渡った。村落をちょうど二分するように流れる水路がある。湧き水は冷たく澄んでおり、けっこうな水量と深さがある。

木材を組み合わせて作った小屋が傾斜地に建っている。

そこは製粉されたばかりの小麦が放つ、香ばしく豊かな香りが満ちていた。

内部は、中心部の床のあたりが、入り口付近と比べて一段高くなっている。そこに巨大な円筒形の石を重ねた石臼が設置されている。上部の石には太い木製の棒が何本も通され、傍目から見ると巨大な車輪のような形をしている。

ふっ、むっ、ほうっ——という呼気とともに、ひどく腰の曲がった男たちが棒を握り、渾身の力で棒を押していくと、ゆっくりと石臼が回る。

小屋の上部には木材が張り渡され、そこに器用に跨った若い女（やはりずいぶんと腰が曲がっている）が、脇に抱えた笊から金色に輝く麦粒を掬っては、真下にある石臼に向かって撒いていく。石臼に穿(うが)たれた穴から注がれた麦粒は、ごりごりと音を立てながら磨(す)り潰(つぶ)され、石の間から粉となって外に出てゆく。石臼の周りに降り積もった褐色がかった全粒粉を、また別の女たちが掬い取り、木の繊維を編んで作った袋に貯蔵してゆく。

その光景に移季がしきりに頷いた。よくわからないが、相当感動的らしい。

「石臼を回す速度を上げすぎると穀粒(こくつぶ)が焦(こ)げてしまうから、一定のゆっくりした速度を維持するために人力でやられているんですよねぇ？」

移季は愛想よく声をかけるが、村人たちは作業に没頭しており、返事ひとつ返すことはなかった。しゅんとなって戻ってきた移季のもじゃもじゃ頭を、羊がぽんぽんする。

「まるで目もくれないって感じだな。頑固な職人気質(かたぎ)っていうか……」

「みんな仕事に一生懸命なんですよ。ここの小麦を食べ、適材適所、みんなが一番役に立つことだけをやる。私たちは麦を育てるのではなく、麦を育てさせてもらっているのです」

屋宜沼が、感慨深げに呟(つぶや)いた。

「その崇拝ぶり、まるで小麦が神サマだな」

「はい。麦が神なら、耕作は礼拝です。その実りを加工する製粉は神を自らに取りこむための豊穣(ほうじょう)の儀式といえますね」

「こだわりも突き詰めたなら本物だな」

そして、屋宜沼が、〈楽園の落穂〉を挽(ひ)いた粉を手で掬う。指の間から零(こぼ)れ落(お)ちる粉は、砂金のように輝いて見えた。

「――ところで、これを食べてみたいとは思いませんか？」

無論、ぼくたちは頷いた。

3

石を積み、土で塗り固めた竈の内部は高温で真っ赤になっており、大量の平たいパンが隙間なく押しこまれている。発酵種を用いず、挽いたばかりの全粒粉と塩、そして水で練っただけの生地は、あまり膨らまずに焼き上がる。がっしりとした厚みがあり、表面には研いだ石のナイフを使った精緻な紋様が刻まれている。

焼き上がったパンを、屋宜沼が、窯からバスケットへ次々に放りこんでいく。かなりの重労働で、屋宜沼の顔はじっとりと汗に塗れている。

「村長自らパンを焼くんだな」

「むしろ、パン焼きって本来、共同体の中心人物の役割なんですよぉ」

「へえ、そうなのか」

「はい。パンを焼くことは、元来、村のパン職人の仕事ですからねえ。だからこそ、昔はパン職人に嫁ぐことは女性にとって人生の幸福を意味したそうですよぉ。なにしろ、パンを焼く者は、まさしく共同体の中心ですしぃ」

　ぼくたちは、製粉小屋から集落に戻り、屋宜沼の家にいた。パンを焼く窯を中心にレイアウトされた室内は狭く窮屈で、窯から発せられる熱のおかげで、かなり暑い。

　外は夜を迎え、気温がかなり下がっている。季節は初夏のはずだったが、真冬を思わせる気候だった。作業を終えた村人たちは集落の家々に戻っていった。あの粗末な藁葺きの小屋では寒さが堪えると思ったが、屋宜沼曰く、彼らの防寒対策は問題ないという。

　この過酷な環境に、小麦だけでなく、人間も適応したということか。ある意味、食べると体質が変化するという言葉の意味は、こうした適応を指しているのかもしれない。

「よし、できた」

　屋宜沼が、その太い腕で大量のパンが入った籠を持ち上げ、幅の広い机のうえにどかっと置いた。ぷん、と小麦が香った。絶妙に焼成されている。

「あとで村人たちに配りますので、全部とはいきませんが、今日は特別です。お好きなだけ召し上がってください」

　そしてぼくたちは食卓を囲む。テーブルに並ぶのは、籠いっぱいの焼きたてのパンと、そして木を削って作られたコップに注がれた水だけだ。実に質素というか粗末な食事だ。しかし、腹が空いているせいだろうか、とてつもないご馳走が並んでいるように見える。

「小麦と人類の幸福な出会いと、そして私たちの新たな出会いに感謝して――」

屋宜沼の音頭で乾杯となった。水は、よく冷えており、乾いた喉によく沁みた。

さっそく、パンに手を伸ばす。発酵種を使わない原始的な造りのパンは、手で千切るのにも力を使う。口に放りこんだパンのかけらを、ぎゅっぎゅっと噛み締める。小麦でできた肉を食んでるような感覚。じわじわと口腔に唾液が染み出し、やがて口の中で解けたパンを嚥下する。ゴクリと、実に重みのある量感が腹に落ちていった。

「こいつは――、正直、しょせん小麦は小麦だろォ……って今まで心のなかでちょっぴり思っていたが、こいつはまるで違う。食べ物としての存在感がこれまで食ってきたどのパンよりも強くて、つまり――」

ぼくは、二口めのパンに口をつける。

「美味い！」

思わず、そう叫ばざるを得なかった。二口、三口と手が止まらなくなる。

〈楽園の落穂〉を口にした者たちが、その味を絶賛したのも納得だった。このパンは食するだけで、実に満ち足りた感覚になるのだ。

「畑の土と山の水、そして凍てつく風の恵みが凝縮された〈楽園の落穂〉は、人間に飼い慣らされた現在の小麦種とは比べ物にならないほど滋養に富み、強い生命力を宿している」

屋宜沼がにっこりと笑みを浮かべている。

「あなたたちはいま、その身体のなかに、本来、小麦という種が持つ生命力そのものを取りこんでいるのです。これが本当の小麦だ。人間が栽培すべき真の豊穣をもたらす作物」

屋宜沼の口調がいっそう熱を帯びていた。それだけの自信があるのだ。

「こいつは、これまで食べたあらゆるパンのなかで間違いなくダントツだ。なんというか、このの味を他の奴らに教えてやりたいって気持ちがふつふつと湧き上がってくる」

不思議な心地だった。美味いものを食べて感動することはあっても、その感動を誰かに教えたいという欲求がここまで生じたことはなかった。自分が、必ず〈楽園の落穂〉の素晴らしさを広めねばならない――いや、そこまでやる必要はないのだが――なにか、とてつもない義務感のようなものが芽生えていた。

「さっきは無視されてちょっぴりムカついたが、ここまでのものを作るなら無愛想さもむしろ敬意に値する。」

「ありがとうございます。極限まで研ぎ澄ますというのは、まさしくこういうことだろう」

「ありがとうございます。ですが、この小麦が本当に凄いのは、脱穀したてをそのまま煮て食べたときなのです。明日になったら収穫したてを食べさせてあげますよ」

「――今日じゃダメなのか？」

もうすっかり腹いっぱいになるまで食べたはずなのに、まだまだ食欲が湧いてくる。

「ええ、明日でなければいけません。収穫のタイミングは厳密に決められているのです」

「おいおい、ぼくだって暇じゃあないんだぞ？　ここに来るまで丸一日使ってるから、もう一泊することになるじゃあないか」

お預けされたも同然になり、無性に腹が立った。ふざけるな。もっと食わせろ。自分でも不思議なくらい〈楽園の落穂〉の虜になっている。

「それが決まりですので、ご理解ください。岸辺先生のお言葉を借りるなら、〝敬意〟ですよ。ここでは超古代麦が何より第一とされているのです」

「なんだとォ……」

無理にでも食わせろと詰め寄ろうとしたところで、ガタンという大きな音とともにテーブルが激しく揺れた。移季が籠に入っているパンに手を伸ばしていた。その腹が、とんでもなく膨らんでいる。巨大な風船みたいにパンパンになった腹が机にぶち当たったのだ。

「う、ううう……っ！」

うめき声をあげながら、移季が両手に持ったパンに齧りつく。ガツガツと一心不乱に貪っていた。いつの間にか籠の中身がなくなっている。もう片手で数えるほどしか残っていない。そのすさまじい食べっぷりに、ぼくも冷静さを取り戻す。

「お、おい、いくらなんでも食いすぎなんじゃあないのか……？」

移季は、瞬く間にパンを食べ尽くすと再び籠に向かって手を伸ばす。パンひとつでも子供の顔くらいの大きさがある。しかし移季の手は止まらない。

「なぁ、屋宜沼サン。これ、村の人たちにも持っていくとか言ってなかったか？」

「かまいませんよ。初めて食べれば、だいたいああなるものです。貯蔵している分もありますし、明日には収穫がある」

そう言った矢先だった。移季が、ピタリと手を止めた。そして激しくえずいたかと思うと、頰がリスのように急に膨らんだ。一気に食いすぎた分を戻しそうになっているのだ。

「制限時間つきバイキングで元を取ろうってんじゃあないんだから、ゆっくり食えよ」

「大丈夫ですよ。あれは牛の反芻のようなものだ」

実際、屋宜沼の言うとおり、移季は牛のようにもっちゃもっちゃと顎を動かし、ゆっくり咀嚼し、再びパンを飲みこんだ。

そしてパンを食べ終えた移季は、

「いやあ、本当に素晴らしかったよぉ！」と、大きく膨れた腹を擦った。「たしかに、これは今まで食べてきた小麦とまるで違う。――これなら、羊も食べられるかもしれない」

ぼくは、移季の隣で、ちびちびと水を飲んでいる羊を見やった。彼女の前にもパンが置かれているが、手をつけた様子はない。羊は、父親がいちど口にしたものでなければ、けっして食べない。それに、ここにあるのは、彼女にとって危険な小麦の塊なのだ。

「……なあ、小麦アレルギーの彼女が、コイツを食べて本当に大丈夫なのか？」

「小麦アレルギー？」ふいに屋宜沼の顔から表情がすとんと抜け落ちた。「これは、人間が栽培し、食すべき最高の穀物だ。どうして食べられない人間なんてものがいるんですか？」

「……おい、何を言ってるんだ？」パンを食べて夢見心地になっていた頭が、急に冷静さを取り戻した。「……あんたは、そこにいる彼女の小麦アレルギーを治すために、彼らを村に招待したんじゃあなかったのか……?」

いったいどうなっている。今の屋宜沼の言葉は、移季の話とまるで違っている。

「アレルギー治療……まったく異なる超古代種……、トシヤの子供……そうだ――」

屋宜沼が、視線を机に置かれたパンと羊の間を行き来させ続ける。

「な、なあ、本当に、この子が食べて大丈夫なんだよなぁ……?」

移季がお伺いを立てるように、屋宜沼に話しかけた。真偽が定かではないにせよ、娘のアレルギー治療のために大きな期待を親友にかけているのだから当然だった。

「――駄目だ。この子にだけは……食べさせない……」

屋宜沼が、急に、突き放すような態度で告げた。

「そんな……、話が違う!」

「いいから、駄目なんだ。駄目なものは駄目……絶対に駄目駄目……」

屋宜沼はブツブツとうわ言を呟くばかりだった。

「おいふざけたことを言うな! なあっ、ちゃんとしてくれよぉ……っ!」

移季が悲鳴をあげた。屋宜沼に襲いかかりそうな剣幕だった。

すると、じっと俯いていた羊が、痛みに震えるようなか細い声を発した。

「……やめてよ。どうせ私は食べられないんだから……」

「けど……、ここの麦を食べればお前のアレルギーは治るとショウゾウは言ったんだ……」

ぴたりと、移季は正気に返ったように屋宜沼から手を離す。

「……トシヤ。〈楽園の落穂〉は、この麦の起源種は――」

そこまで言いかけた屋宜沼が、ふいに押し黙った。

「……ショウゾウ？」

「そいつをよこせ」

屋宜沼が移季の手からパンを奪い取り、がぶりと噛みついた。そしてパンを食い千切り、一心不乱に貪り続け、瞬く間に食べ尽くす。先ほどまでの錯乱ぶりは消え失せ、理性が取り戻されていた。

「……すまん。ヨウちゃんの病気のことが気になって臆病になっていたのかもしれない。しかし、もう大丈夫だ。うちの小麦を食べればすべて解決する。明日、刈り取ってすぐ、脱穀したての〈楽園の落穂〉を用意する。私とお前でヨウちゃんに食の愉しさを教えてやろう。昔、約束したとおりだ。私はお前との約束を絶対に破らない」

そして屋宜沼は羊の近くに行き、彼女の手を取り、膝をついた。

「ヨウちゃんも怖いだろう。だが、安心してくれ。君のお父さんとの約束は必ず果たす。君は明日、ずっと食事のたびに抱いていた恐怖からようやく解き放たれるんだ」

4

夜が明けた。

空はよく晴れていた。しかし、村から見下ろす山脈（やまなみ）の景色は雲にすっかり覆われている。雲海が拡がっている。あたかも村は雲の上に浮かんでいるかのようだった。

その陽光に照らされ、収穫されたばかりの麦穂が運ばれている。

村人たちはみな、老人のように腰が曲がっていた。尋ねても彼らは何も答えず、村長の屋宜沼も、そのほうが耕作に都合がいいからそうなった、としか言わなかった。

そんな腰の曲がった村人たちが麦穂の束を携（たずさ）え、傾斜地を下ってくる。時折、輝く黄金の粒のような穀粒が、ぽろりと地面に落ちるなり、別の村人が、餌を啄（ついば）む鳥のように、すかさず手を伸ばして回収する。一粒たりとも見逃さない徹底ぶりだった。

製粉を行う小屋の横には、野外で煮炊きするための準備が整えられている。薪（まき）を燃やし、素焼きの煮炊き用の鍋が火にかけられている。

火の傍（そば）にいるのは、ぼくと移季、彼の娘の羊、そして屋宜沼だ。昨夜、ひと悶着（もんちゃく）があったことなど忘れたかのように、移季と屋宜沼は、羊を交えて楽しそうに話している。

「ありがとうございます。岸辺先生。滞在をもう一日延ばしていただいて」

すると、屋宜沼が慇懃（いんぎん）に頭を下げた。

「ここまできて取材せずに帰るのは損だからな……」

〈楽園の落穂〉の正体について調べたかったのだ。

それに、昨夜の出来事が気になっていた。移季の常軌を逸した食欲や、アレルギーを治すと言いつつそのことをすっかり忘れていたような屋宜沼の不審な言動。

おそらく、彼らの認識には、何らかの齟齬（そご）がある。そちらが何かトラブルに繋がる懸念もあった。本当に、小麦アレルギーの羊が〈楽園の落穂〉を口にして大丈夫なのか？

やはり気になるのは、〈楽園の落穂〉がいったいどのような力を持っているのかだ。実際にそのパンを食して一晩が明けた今、目立った変化は起きていない。昨晩ほどの量ではないにせよ、朝食に出されたパンを、ぼくも移季も食べた（娘の羊には、特別に屋宜沼が村人に果実や木の実を集めさせていた）。あるとすれば、普段より食欲が湧き、昨夜の登山の疲労がすっかり取れたかのように活力が漲（みなぎ）っている。

しかし、単なる健康増進の効果だけなら、わざわざ屋宜沼は、「体質が変化する」とまでは断言しないはずだ。もっと大きな変化が起きるのではないか——その期待と不安が、ぼくを村にもう一日留まらせた一番の理由かもしれない。

それにしても、〈楽園の落穂〉の麦穂の美しさには吸い寄せられるばかりだ。脱穀が始まった麦穂を見るなり、自然と口腔が涎（よだれ）で溢れそうになる。あの見事な味を思い出し、飢餓感にも似た強烈な食欲に苛まれる。朝食もたっぷり摂ったはずなのだが、もっと食べたい。目の前で脱穀が行われ、その中身を露わにしていく〈落穂拾い〉から目が離せない。脱穀された穀粒はひとつにまとめられ、煮立った鍋にざらざらと流しこまれていった。ほどなくして煮炊きされる鍋から湯気がたち昇り、風に馥郁たる麦の香りが運ばれてきた。いっそう食欲を刺激されるが、最初に口にするのは、村人たちだった。

小屋の傍の広場で村人たちは、無言で粥を啜った。その顔は、一様に満面の笑みだった。どれほど美味いのか——その満ち足りた顔から美味への感動が伝わってくる。

そして彼女の番がきた。

「さあヨウちゃんの分も用意したよ。一緒に食べてほしいな」

屋宜沼が粥をよそい、移季に器を渡した。移季は、ニコニコしたまま器を受け取り、どっかりと地面に腰を下ろした。そして横倒しになった丸太に腰かけている羊に器を渡す。

「さあ」

とろりとした粥が入った器を、じっと、羊は見た。小さな木匙を手に硬直している。無理もなかった。あれほど父親の移季が娘のアレルギーを気にしていたのだ。初めてアレルギーがわかったときは、彼女にとって、とてつもなく恐ろしい経験だったはずだ。

食物アレルギーが引き起こされるのは、身体の免疫システムが摂取されたアレルギー物質に対して過剰反応を起こすためと言われる。アレルギーが起きる閾値に個人差はあるが、食物アレルギーにおいて、ほんの僅(わず)かな量でも致命的になることがある。

　だからこそ、この小さな匙の一口でも麦の粥を食べるという行為は、下手をすれば命にかかわる可能性だってあるのだ。恐れるのは当たり前だった。屋宜沼は、〈楽園の落穂〉が現在流通するパンコムギ種とは遺伝的にもほぼ別系統と言える超古代種だから大丈夫だと言っていた。遺伝子研究に携わる専門家の言葉である。本当に大丈夫なのかもしれないが、それで納得できるほど人間は単純ではない。

　羊は、匙を持ったまま粥に手をつけない。その間にも、粥は冷めていく。

「どうしたんだい？」

　焦(じ)れたように、移季が娘に顔を近づけた。

「どうして食べないんだい？」

「パパ、だってまだ、パパ、たべてない……」

　器を父親に向かって突き返した。いつも食事の前には、移季が毒見をしてから食べさせていた。それが今回はないのだ。それで羊は食べるのを怖がっている。

「大丈夫。この麦は特別だから、お前も絶対に食べられる！」

　だが、移季は、一刻も早く食べさせようと、麦粥が入った器を押しつける。

「やだ……、ぜったい、たべない……」

　羊が俯き、嫌々(いやいや)と首を強く横に振った。

すっかり怯えてしまい、麦粥を食べようとしない。

「さあ食べるんだ……。ワガママ言わないで。なあ……」

移季は無理やりにでも食べさせようと、匙で粥を掬い、口へと持っていく。これまで見たことのない強引さだった。そのくせ表情はひどく穏やかだった。夢心地のような顔だった。彼の浮かべる笑みは、屋宜沼や村人たちが浮かべるものとよく似ていた。

「みんな早く食べたいのを我慢しているんだから……」

移季の言うとおりだった。いつの間にかぼくも、早く自分が食べる番が回ってきてほしいと強く願っている。一刻も早くあの麦を食べたい。飢餓感に苛まれるように激しい空腹を覚えた。いっそ、食べたくないなら先に食ってやる――。

辛抱たまらず、だっと前に出た。手を伸ばし羊の持つ粥の入った器を奪い取る。

そして――。

勢いよく器を放り捨てた。地面に麦粥が飛び散った。

ぼくは、羊と移季の間に割って入る。ちょうど怯える彼女を庇うようになる。

「……おい、あんた、どうかしてるぜ。こんなにこの子が嫌がってるのに、どうして無理やり食わせようとするんだ?」

どう考えても、こいつはおかしい――今なおぼく自身を苛むこの異常なまでの食欲が、〈楽園の落穂〉に対する執着が、かえって強い疑念になった。

　この超古代種の麦は、食べた人間を、移季の性格を明らかに変容させている。

「君らの間にどういう事情があるのか、他人のぼくにはわからないが、少なくとも、この子のアレルギーを治すために〈楽園の落穂〉を食べさせるのではなく、とにかく無理やり食べさせようとしているだけにしか見えなかったぜ」

　やはり、この超古代麦は、人間の肉体や精神に何らかの影響を及ぼすのだ。

　たとえば、〈悪魔の爪〉とも呼ばれる、麦角菌が寄生したライ麦を口にした人間は、これに含まれる成分である麦角アルカロイドによって、中毒症状や精神異常に陥ることがある。もし、〈楽園の落穂〉にも、同様の成分が含まれているとすれば――。

「あ、あああ……、む、麦がぁ……」

　移季が急に呻き声をあげた。かと思えば、すぐに地面に飛び散った粥を掬い取り、土や雑草ごとがぶがぶと喰らいはじめたのだ。

「パ、パパ……」

　娘の羊が唖然とするなか、移季が、ぬるりと太く分厚い舌を口から出し、口の周りについた土ごと麦粥を舐め取った。そしてゆっくりと麦粒を噛み締めるのだった。

　その眼は、とても穏やかだが、何の感情も映していない。ふごぉ、ふごぉと詰まった鼻で無理やり息を吸うような呼気を立てながら、じっとこちらを見つめてくる。

「移季年野……。あんたいま、マジでおかしくなっているんじゃあないのか――」

ぼくは怯えて動けなくなっている羊を背中に庇い、移季からじりじりと距離を取る。

もしも彼が何か仕掛けてくるなら、すぐに対処できるように。

「――すみません。彼は、初めて口にした〈楽園の落穂〉のあまりの美味しさに興奮しすぎてしまったんでしょう……」

そこに屋宜沼が割って入ってきた。牛を宥めるように、彼は四つん這いになっている移季の首のあたりを優しく撫で、その背中を軽く叩く。そして、まだ穀粒がついたままの麦の穂を移季に与えた。彼はそれを口に咥えてゆっくりと噛みはじめた。

すると、移季の息遣いが次第に穏やかになり、その場にぺたんと座りこむ。

「うちの村ではねぇ……、よくあることなんですよ。この偉大な小麦に惚れこんでしまったがゆえに、ときに見境がつかなくなる。ほら、昨日、岸辺先生も言っていませんでしたか？　この麦の味を他の人に教えてあげたくなる――って」

「たしかに、そうは言ったが……」

「トシヤも同じですよ。さっきのは何も知らない人から見れば無理やり食べさせようとしているふうに見えたかもしれない。しかし、彼の子供への深い愛から発した、おいしい物を食べさせてやりたいという想いが強すぎるがゆえ……だとすれば、他人である私たちにそれを非難するなんてことはできないはずじゃあありませんか。ねえ、岸辺先生？」

屋宜沼は、鍋から再び粥をよそい、器を手にして近づいてきた。

そして羊にニコリと微笑（ほほえ）みかける。

「さあ、食べなさい」

「たべない」

「大丈夫。食べるんだ」

「たべないったら、ぜったい、たべない！」

完全に怯えてしまっていた。彼女はぼくのズボンの裾（すそ）をがしっと掴み、屋宜沼がこれ以上近づいてこないようにする。

「……困ったな」屋宜沼が頭を掻いた。「ねえ、岸辺先生からもこの子に、一緒に食べようと言ってあげてくれませんか？　なんなら先に召し上がってからでもいい」

ぼくの目の前に、粥の入った器が掲げられた。匂い立つ小麦の香りは狂おしいほどに食欲を刺激した。ぐーぐー腹が鳴りはじめる。口のなかはお預けを食らった犬みたいに涎でいっぱいだ。食いたい。今すぐこの粥を掻きこんで、あの美味を堪能したい。

「――生憎（あいにく）だが、ぼくもこの子と同じようにさせてもらうぜ」

だが、食べられるはずがなかった。このとてつもない誘惑に従えば、おそらく自分もこの超古代麦の虜になるだろうし、きっと、先ほどの移季のように、今度は屋宜沼とぼくと三人で寄ってたかって、この小さな子供に麦粥を無理やり食わせようとするかもしれない。

それがすごく厭だった。自分ひとりだけなら、このヤバい代物を試してみたいという好奇心に身を任せていただろうが、今はここに子供がいるのだ。巻きこむわけにはいかない。

父親の移季が駄目になった今、誰かがその役割を引き継いでやらなくちゃならない。

「……しかたありませんね。少し休憩なさってください。食事はまた今度にしましょう」

「いいや、このまま帰らせてもらうぜ。そこでぼけっとしてる彼も連れて、この子と一緒にすぐ下山する」

「――それはお止めになったほうがいい」

「なんだと？」

「いま、山を降りようとすれば、あなたたちは濃い霧のなかで険しい岩場を降りていくことになります。あなたやトシヤだけならどうにかなるかもしれませんが、小さい子供を連れていくのは非常に危険ですよ」

「くっ……」

「ご安心ください。明日には気温も上昇して霧も晴れる。ゆっくり朝食をすませてから、安全にお帰りになれますよ」

「あくまで帰さないつもりか……？」

「滅相もない。私たちは、なによりもあなたたちの安全を優先したいだけですよ」

「その言葉……、本当か？」

そう問いかけた直後、ふいに屋宜沼の顔が、ばらっと本の頁のようにめくれた。

「……『〈天国への扉(ヘブンズ・ドアー)〉』。その能力は、相手の記憶や思考を読む――」

ぼくは自らの能力(スタンド)を発動させ、屋宜沼の内面を閲覧する。額面どおりに信じることはできない。ウラ取りをする必要がある。

『親友の移季年野、彼の娘の羊、そして人気漫画家の岸辺露伴先生。三人とも、初めて〈楽園の落穂〉を食べる大切なゲスト。丁重に扱わなくてはならない――』

文面を確認した限りでは、ぼくたちに害意を抱いている様子はない。〈楽園の落穂〉についても、『念願の発見！　これでようやく私たちの願いが叶う！』と喜びが綴られていた。

「少なくとも……、いきなり襲ってこようとか考えているわけじゃあなさそうだ。――とりあえず念のため、『これから岸辺露伴の要求に従う』と書いておこう」

そして能力を解除すると、屋宜沼がふらりと起き上がる。

「屋宜沼サン。とりあえずはあんたの言うことを聞くことにするぜ。だが、明日になったらぼくらはすぐに下山させてもらう」

「……残念ですが、そうせざるをえないようですね」

「それと食事は、〈楽園の落穂〉以外で頼むぜ。この子のために果物や、あと家畜の鳴き声がしているから、牛乳とかもあるんじゃあないのか。ソイツも頼むぜ」

「わかりました。そのように準備しましょう。――それでは私はこれで。村人たちと麦の世話に行かなければなりません」

唯々諾々という調子で屋宜沼は頷き、村人とともに踵を返して行った。

「これでひとまず……ってところだな。なあ君、怖い想いをさせて悪かったな」

いまだに足にしがみついている羊の頭をそっと撫でた。彼女は何も答えないが、かわりに一度、抱きしめる力を強くしてから離れ、移季のもとへ近づいていった。

移季は、相変わらず、屋宜沼からもらった生の麦穂をもしゃもしゃとガムのように嚙み続けていたが、羊が近づくと、のそりと立ち上がり一緒に歩きはじめた。

うんまい……、ああ、うんまい……。

小屋へと戻る道すがら、移季が、妙に間延びした声で、そう繰り返していた。

5

真夜中のことだった。ふいに目が覚めたのだ。

「何だ……、この臭いは……」

思わず鼻を覆うほどのひどい獣臭が、小屋のなかに立ちこめていている。

木材を組み、干し草をクッション代わりに入れたベッドから起き上がる。万が一の事態に備えて登山ウェアを着こみ、靴も履いたままにしていた。

「――パパがいない」

すると、羊の小さな声が聞こえた。すでに目を覚ましており、ひどく怯えている。室内は真っ暗だ。灯りはなく、天井の板材の隙間から僅かに青白い月光が注いでくるだけで、相手の輪郭を何とか把握するのが精いっぱいだった。ぼくは手探りで彼女の居場所を捜す。そして間もなく、ぼくの手を小さな子供の手が握る感触がした。

「いないの、おきたら、いなくて……」

「大丈夫だ。一緒に捜してやる。それより君は平気か？　怪我はしていないか？」

「わたしはへいき……、でもパパが――」

羊がぼくの腕を伝って傍まで寄ってくる。痩せた身体。子供にとって、満足に食事を摂れないことがどれだけ大変なことか、その一端が伝わってくる気がした。

移季は、自分の意志で出て行ったのか、あるいは何者かによって彼だけを標的にして連れ去られたのだろうか？

「まず、外に出よう。山を降りることはできないから、村のなかにいるはずだ」

小屋から出るため、扉を押し開こうとしたところで、ぼくは手を止めた。

ゆっくりと足音を立てないようにして、壁に使われている木板の隙間から外を覗いた。

空に雲はなく、月が輝いており、視界はけっこうな明るさがある。

小屋のすぐ傍に、番犬のようにふたりの村人が立っていた。どちらもひどく腰が曲がっているが、首を上げ、そのまなざしはこちらの小屋にじっと向けられている。

「……見張りがいるな」

どうやら移季の失踪には、村の人間が関わっているとみて、間違いない。

そして、こちらに動きがあれば、すぐに屋宜沼に伝わる手筈になっているのだろう。

いずれにせよ、彼らの眼を欺く必要がある。何か手はないかと小屋の中を見回すと、羊が入口の扉を僅かに開けていた。そろりと腕を外に出す。彼女の細い腕でなければ通らない。ほんの僅かな隙間に、見張りの村人たちは気づいていない。

そっと、羊は腕を振って、何かを外に投げた。パンのかけらだった。それが小屋からやや離れた位置にある草むらに落ちる。かさっと微かな音。

途端に見張りたちが反応した。羊に対してではなかった。彼女が投げたパンに反応し、その落下地点へと向かっていく。まるで犬が餌に飛びつくように。さらにふたつ、三つと羊は千切ったパンを投げ、段々と見張りたちを小屋から遠ざけていく。パンは硬く稠密で、石のように飛距離を稼ぐことができた。

やがて草むらの中から、パンを咀嚼する音が聞こえてくる。いま、小屋の前には誰もいなくなった。ぼくは、羊が渡してきた石版のように硬いパンを手に取る。

「昨日の夜のパンか……。よく食べずに取っておいたな」

「……わたし、パパがいいっていうのしか、たべられないから」

「お父さんは、君によい教育をした」

　そしてぼくは、羊と一緒に小屋を出る。

　月が明るい。青い夜だ。草木が濃い暗闇のなかから、その輪郭を覗かせている。

　気温が低かった。吐く息が白い。防寒用のネックウォーマーを羊に着せてやっていた。この寒さは子供にはかなり辛い。

　丈の長い草に身を隠すように、背を屈めた姿勢で村を進む。父親を捜してふいにいなくなったりしないよう、羊の手を握っている。そして、村人の気配があるたび、動きを止めて千切ったパンを投げ、注意を逸らして先へ進んだ。ひとまず屋宜沼の小屋を目指した。

　村は、日中よりも外に人が出ている。しかし、賑やかさとはほど遠い。黙々と、石を拾ったり、雑草を抜いたり、鍬を振るったりして新たな畑を開墾しようとしているようだった。草木も眠る丑三つ時だった。勤勉というには、異様である。

　すると、遠く揺らめく松明の灯りが見えた。ぼくと羊は地面から隆起した木の根の下に潜りこむ。牛や豚の鳴く声がした。村人たちが家畜を連れて移動している。じっと息を殺し、彼らをやり過ごそうとする。

　しかし、すぐ傍を村人たちが横切った瞬間だった。

「……っ」

　根の隙間から村人たちの姿を見た羊が、急に身を強張らせた。悲鳴をあげそうになるのを察し、とっさに手で口を塞ぐ。

「――静かに」

そう囁きながらも、ぼくもうっかり声をあげそうになった。

なんだ、こいつらは――ひどく腰の曲がった村人たちに連れていかれる家畜の群れを、ぼくは見た。ソレらは家畜のはずだった。しかし、その姿は、どう形容すべきか――それらは牛や豚、鶏であり、そしてどうにも人間のように見えたのだ。

「こけこっこ――――!!」――鶏の嘴のように硬化し伸びた口で地面を啄み、石の合間にいる虫を穿り出しては喰らっている小柄な人影がいた。その足は鱗に覆われており、首をくいくいっと動かす仕草は鶏そのものだった。

「もぉぉぉぉぉ」――面長な顔を地面に押しつけ、雑草をもしゃもしゃと咀嚼する牛のような巨漢がいる。四つん這いになった手足の爪は分厚く巨大な蹄のようになっており、鼻に通された鉄輪を引っ張られ、のそっと起き上がり村人についていく。

「ふごっふごっ」――大きく突き出た豚のような鼻で匂いを嗅ぎ、地面に落ちた麦の種子を回収する人影がある。牛のような見た目の村人をひとまわり小さくしたような外見だが、こちらのほうがはるかに俊敏だった。首輪を嵌められ、方々に散っては採集を行っている。

それらが合わせおよそ一〇頭――いや、一〇人と言うべきか――が、松明を掲げ持つ村人たちのあとをついて、傾斜地を登っていく。おそらく麦畑を目指しているのだ。

「いまの、みた……？」

こわごわとした口調で、羊がぼくの服の袖を強く握った。

「……ああ、バッチリこの眼で見たぜ」

人ならざるもの――まさしく、そう形容するしかないものたちの行列が、ぞろぞろと練り歩いていた。さながら百鬼夜行（ひゃっきやぎょう）を目撃したような薄ら寒い心地だった。

「ヤバいぞ、この村は――」

中毒によって幻覚作用が出ているとかいうレベルではない。もっと深刻な異常が発生している。人間が、まったく異なる姿に変貌し、村人たちはそれを当たり前のように受け入れている。これはもう、怪異とでも呼ぶべきだった。

「一刻も早く君のパパを見つけて、山を降りるべきだ」

木の根から這い出ると、羊を連れて、家畜の行列が向かったのとは反対の方向に進んでいった。動物と化した彼らにこちらの居場所を気づかれないように距離をとる。

道は、集落のはずれに繋がっていた。水路の下流に沿って平たい造りの屋根が連なる。木々が鬱蒼（うっそう）と茂っているため、近づかないとその存在に気づけないほどだった。

「厩舎か……」

そう断定したのは、造りのせいもあるが、漂ってくる臭いのせいだった。先ほど村人たちの群れが横切ったときにむわっと生じた獣の臭い。そして、その臭いは、

（……移季が失踪したとき、小屋に立ちこめていた臭いと同じだ）

厭な予感がした。ここの立地が隠されているような造りになっているのも気になった。単なる厩舎ではなく、人目につかないことが必要な施設であるとすれば――。

内部を調べようと厩舎へと近づく。

入口へ回りこもうとすると、獣の臭いに混じり、別の匂（にお）いを捉えた。この場に似つかわしくない華やかな香ばしい匂い――。

手で制し、羊にここで待つように命じると、厩舎の中の様子を窺った。

たしかに、〈楽園の落穂〉の匂いがしたのだ。あの豊かな芳香を嗅ぎ間違えるはずがなかった。だが、希少な作物であるはずの超古代麦を煮炊きする場所には相応（ふさわ）しくない。

「……ほら、どんどん食べろ」

そして声が聞こえた。屋宜沼だ。ぼくは身を屈め、板の貼られていない地面との隙間から厩舎のなかを覗き見る。屋宜沼が、足下に置かれたバケツから穀粒をざらざらと掬っている。そのすぐ傍に、移季らしき巨体の輪郭が見えた。どうやら屋宜沼から麦の穀粒を与えられているようだった。がりがりと、麦粒を貪り食う音だけが聞こえてくる。

「思ったより時間がかかったが、これでお前も私たちの仲間だ」屋宜沼が嬉々として呟いた。「大丈夫さ。ヨウちゃんと岸辺先生も、必ずこの麦を食べる。そうすれば大丈夫だ。何もかもうまくいく」

それから厩舎を回って餌やりを終えると、屋宜沼が空っぽになったバケツを両手に持ちながら外に出てきた。近くの水路でバケツを洗い、そのまま集落へと戻っていった。

「――行こう」

ぼくたちは、すぐに厩舎へと忍びこんだ。他の村人がいないか警戒しつつ、内部へ進んでいく。木の板や棒で仕切られた厩舎内の暗がりから、獣の息吹が聞こえてきた。

「どこだ……、移季――？」

そっと呼びかけた。大声を出せば屋宜沼たちに気づかれる恐れがある。

「――パパ」

すると、辛抱できなくなった羊が、ぼくの手を離し駆け出した。暗がりのなかに姿を消す。

「待て、ひとりで行っては――」

駄目だ、と言おうとしたときだった。

「パパ⁉」

ふいに羊の悲鳴が聞こえた。急いで声のするほうへ駆けた。厩舎の一番奥にある牛舎だ。羊がそのなかにいた。柵の幅が大きく、小さな子供なら潜り抜けられるほどの隙間があった。そして干し草のうえにぺたんと尻餅をついた羊の、服の裾を巨大な一頭の牛が、がじがじと噛んでいるのだった。

「おォ……おォ……」

そのまま押しつぶそうとするように巨牛は、羊にのしかかってくる。

「くっ、コイツは……、牛、なのか——？」

その巨体を間近で見て、唖然とした。ソレは二メートル近くある巨体からぶっとい両手両脚が伸びており、その先端には硬い蹄が生えている。腹も背中も剛い毛に覆われている。白と黒のまだらに見えるのは、毛が生えている部分と肌が露出している部分があるからだ。その面長な顔は紛れもなく牛のものだったが、頭の部分の毛だけやけに縮れて膨らんでいる。そして、その顔は間違いなく移季年野だった。

その額に、ぼこりとふたつの膨らみが生じた。薄い皮膚の袋を被った突起は、すさまじい速度で成長していき、みるみる大きくなっていった。やがて破裂した。びしゃりと袋に溜まった血を流しながら姿を現したのは、薄紅色に染まった一対の立派な牛の角だった。

あたかも神話に出てくるような半人半獣の怪物（ミノタウロス）である。その身体には、移季が着ていた衣服の切れ端が僅かに残っている。

「——違う、コイツは移季だッ！　〈天国への扉（ヘブンズ・ドアー）〉ッ！」

能力を発動し、その内面の記述を書き換える。

『移季羊から離れる。彼女を押しつぶさない』

その途端、巨牛と化した移季は、羊にのしかかるのを止めて、干し草の上にどおんと寝っ転がる。すぐさま、〈天国への扉（ヘブンズ・ドアー）〉を再発動し、移季の記述を調べはじめた。

だが、そこで異変に出くわした。

『おかしい。あの麦を食べると止まらない。苦しいはずなのにまだ食べられる。胃が増えたみたいに食べては吐き、それでもまた食べている。どうなってるんだ。これは本当に食べても大丈夫な小麦――をむすめとろはんにたべさせる。いっしょにむぎをたがやす。たべさせる。たがやさせる。たべさせる。なかまにする――』

「どういうことだ……。猛烈な速度で、彼の内面が〈書き換えられて〉いるぞ……っ！」

ページに書かれた文章が、ものすごい速度で別の文章に置き換わっていくのだ。

つまり、移季年野という人間の中身が刻一刻と別のものに変貌しようとしているのだ。

『こむぎとかちく』

『らくえん』

『くさ　たべもの　うし』

先ほど追記した内容もすぐに消え去り、記述がどんどん単純化されていく。

そして完全に書き換えられた。移季――であったはずの巨大な半人半獣の牛は、餌箱に頭をつっこみ、残っている麦粥をがぶがぶと食べはじめる。

「パパ……、パパぁ……」

もはや、娘のことも認識できないのか、すぐ傍で泣き出した羊に目もくれない。

脳裏を、先ほどの村人と家畜の行列が過ぎった。人間とも動物とも言えない異形の群れ

──あれは移季と同じように、〈楽園の落穂〉を食べて姿を変貌させた村人たちだったのだ。

つまり、屋宜沼は、〈楽園の落穂〉を使って人間を奴隷同然の家畜に変え、超古代麦の栽培のために扱（こ）き使っている。

（だが、どういうことだ……っ!?　昨日、屋宜沼を〈天国への扉（ヘブンズ・ドアー）〉で調べたとき、こんなことが起こせるなんて一言も書いていなかったぞ──？）

屋宜沼自身にこうした異常な現象を起こせる能力はなかったし、〈楽園の落穂〉を食べさせることで精神や肉体が変化するという現象に関する知識も記されていなかった。

だが、さっきの屋宜沼の言動は、間違いなく、この変貌を知っていた。

おかしい。屋宜沼猩造は、〈楽園の落穂〉の異常性を知らないはずなのに、その能力を完全に把握し、人間を家畜に変えて支配している。辻褄（つじつま）が合わない。

いや、待て。

ぼくの直感が警告を発した。先ほど目（ま）の当（あ）たりにしたもの。〈天国への扉（ヘブンズ・ドアー）〉によって書き換えたはずの移季の内面の記述が猛烈な勢いで書き換えられていくさまを。

「ぼくの〈天国への扉（ヘブンズ・ドアー）〉の能力を無効化し、人間の内面を書き換える。まさか──」

その考えに思い至ったとき、もうひとつの危機に気づいた。

移季に対する記述が打ち消されたのなら、屋宜沼もまた、同じように〈天国への扉（ヘブンズ・ドアー）〉の記述を無効化している可能性がある。

「――小屋からあなたたちがいなくなったと聞いて、あなたは必ずトシヤのところへ来ると思いましたよ。岸辺先生」

振り返ると、松明を手にした屋宜沼がいた。

その背後では、村人たちが松明を手に、厩舎を完全に包囲している。

6

逃げ場はない。

「トシヤ、捕まえるんだ」

屋宜沼が命じた途端、移季が変じた人牛が、ずおっと巨体を起こした。前腕の蹄と人間の手の中間としか形容のしようがない手が、がちりと羊の細っこい両腕をそれぞれ摑んだ。

羊は恐怖のあまり身が竦(すく)んでおり、暴れることさえできない。そのまま持ち上げられ、両腕を拘束されたまま移季の人牛にがっちりと抱きかかえられる。

「こちらへ」

屋宜沼が命じると、移季は羊を連れて歩きだす。途中で柵が引っかかったが、意に介することなく前進を続けた。木材が耐えきれなくなってめりめりと音をたてて折れ飛んだ。

圧倒的な怪力だった。明らかに人間業(わざ)ではない。

ぼくは、屋宜沼、そして羊を捕まえた移季のあとについていきながら、厩舎を出ていく。

「抵抗されないのですか？　岸辺先生？」

「……何かしたら、彼女に危害を加えるつもりじゃあないのか？」

「必要であればそうします」と屋宜沼は酷薄（こくはく）に言った。「できる限り、家畜は無傷のまま手に入れたいところですが、場合によっては多少の犠牲もしかたがない。優先するのは、労働価値の高い岸辺先生とトシヤですからね」

「聞き捨てならないな……。この子はおまえの親友の娘じゃあなかったのか？」

「ええ、私の大切な親友の大切な子供です。しかし小麦栽培という観点においては労働力としては期待できない」

「〈楽園の落穂〉を食べれば彼女の小麦アレルギーが治ると言ったのは嘘だったのか？」

「彼女のアレルギーは、身体の免疫システムが小麦を排除すべき異物であると誤認しているために起きているものです。〈楽園の落穂〉を必要なだけ摂取すれば、肉体の変質が始まり、適応が完了する」

「代わりに、彼女も怪物になるんだろう？」

周囲をぐるりと見回した。老若男女問わず腰の大きく曲がった村人の他に、先ほど目撃した牛・豚・鶏のような姿に変貌した村人たちが集まっている。

「誰もが、その資質に応じて相応しい姿を獲得するんですよ。トシヤであれば、その恵まれた肉体が土地を耕す牛のように変化する」

「あんたは変わっていないみたいじゃあないか？」

「私は岸辺先生と同じですよ」屋宜沼は頭を指さす。「共同体には、管理する者がいなければならない。どれだけ使役できる労働力や家畜がいても指示する統率者（リーダー）がいなければ畑は荒れ放題になるばかりです。あるいは、さらなる繁殖で村を拡大するため、こうして外から新たな人間を呼び寄せるには、それ専門の人間も必要になる」

「詭弁（きべん）だな。お前は自分以外の人間を、なんでも言うことをきく奴隷に変えて支配しているだけに見えるぜ」

屋宜沼がなんと言おうと、彼がこの村の支配者として君臨していることは事実だった。

「……どうにも話が噛み合いませんね、岸辺先生。あなたはこれから私たちと村で一緒に暮らし、その優れた才能を使って漫画を描き、外の人間たちに〈楽園の落穂〉がいかに素晴らしいのかを伝えるようになるのです。それの何が厭なんですか？」

心底、理解できないというふうに屋宜沼が尋ねてきた。

それで、猛烈にカチンときた。

「――ふざけんじゃあないぞ、ぼくは岸辺露伴だ。ぼく自身が描きたいものを描く。だから漫画家をやっている！」

「大丈夫です。これから岸辺先生は、ご自身が心から望んで〈楽園の落穂〉の素晴らしさを伝えたくなるはずだ」

　すると、屋宜沼は会話を止め、移季の腰のあたりを叩いた。

　人牛と化した移季が、ごぶっと大きな音を立て、何かを吐き戻す。

「それでは、〈楽園の落穂〉を食べてください。あなたにはまだ麦が足りないようだ」

　移季の巨大な口のなかは、艶々と光る麦の穀粒で満たされていた。

「煮炊きという技術を覚える以前、原初の人類は硬い外皮に覆われた穀粒から栄養を摂取するため、動物を利用していたそうです……」

　それは、牛に変じた移季が反芻した〈楽園の落穂〉の粥だった。

「さあ岸辺先生、麦を食べてください。ちょうど食べやすくなっている」

　吐き気がこみ上げてきた。たしかに動物の親が、まだ消化能力が未発達な子供に餌を食べさせるときに一度自分が食べたものを吐き戻して分け与えることはある。だが、自分が、その粥を口にする姿を想像して、くらっときた。

「ふざけるな、絶対に御免だッ！」

「食べてください。いいや、食べるんだッ！」

　屋宜沼がばしっと強く移季を叩いた。その巨体が迫ってくる。背後は村人と家畜村人たちに囲まれている。逃げ場はない。移季が、ぼくを捕まえるために羊を拘束していた蹄化した手を離した。その太い腕が迫り、ぼくの腕をがっちりと摑む。濃密な獣臭に噎せる。

（うげえ……、マジで食べさせる気かァ……ッ⁉）

獲物に食らいつくように、粥がたっぷりと詰まった人牛の移季の巨大な口腔が、眼前でぱっかりと開かれる。

「……くっ、〈天国(ヘブンズ)への――〉」

すぐに書き換えられることを承知で、一瞬でもいいから隙を作るため、能力を発動させようとした。その矢先だった。

ぼくと、移季の間に、小さな子供が、羊が割って入った。

その細く華奢な腕を広げ、変わり果てた姿になった父親に、向き合った。

「パパが……、たべたものは、わたし、たべられるものだから……」

泣きながら、そう言った。精一杯の勇気を振り絞るように。

その手を、移季の口のなかに差しこみ、鈍い黄金色に輝く〈楽園の落穂〉の粥を、その粒を掬い取ろうとする。

「だからおねがい、パパ、もとのパパにもどって……」

泣きながら、その粥を、羊は口にしようとするのだった。

「なっ――」

だが、そのときふいに移季が動いた。その腕が振るわれ、ぼくは放り捨てられる。さらにそのときの衝撃で羊が、手にした粥を地面に飛び散らせる。

そして、移季が、喉の奥から絞り出すようにうめき声をあげた。

「だ……め……」

とっくに、その自我は消えているはずだった。自分が何者であるかも、目の前の少女が自分の娘であることも認識できず、家畜と化しているはずだった。

「たべ……ちゃ、だめ……だァ……ッ」

ごぶり、と吐き戻した麦を自ら飲みこんだ。娘にけっして食べさせないように。

彼は、移季羊の父親でなければやれないことを、たしかにやったのだ。

急いで駆け寄ろうとした屋宜沼を、その巨体が跳ね飛ばす。

そして背後を振り向いた移季が、ざぶざぶと胃の中身を猛烈に吐き出した。小銭ばかりを貯めた瓶を逆さにして一気に振ったかのようだった。とてつもない量の金の粒を吐き出すように、地面いっぱいに〈楽園の落穂〉の穀粒が撒き散らされる。

そして麦粒を吐き出すほどに、移季の姿が徐々に元に戻っていき、最終的に角が生えた人間というくらいの見た目に落ち着いた。

〈楽園の落穂〉の粒が、月光を浴びて白金のように青白く輝きを放つ。

その直後だった。周囲を取り囲む村人家畜たちに変化が起きた。

村人の制止を振り切り、移季が吐き戻した麦の穀粒へ向かって殺到したのだ。

みな、〈楽園の落穂〉を一粒でも多く集めようと、喰らおうと雄叫びを上げている。

途端に、大混乱になる。

「おォ……ッ、おォ……ッ！」

移季が叫んだ。それは牛の呻（うめ）きのようだったが、たしかに娘の名前を呼んでいた。

「移季っ！　君の子供はこっちだぜっ!!」

投げ出されて地面にぶつかる寸前で、ぼくは羊を庇いながら、移季を呼んだ。その巨大な顔が、こちらを見た。いまだ人語を介しているとは言い難い。

だが、その巨体を揺らし近づいてきた移季が、羊の小さな身体を、大事にその胸に抱きかかえたのだ。言葉ではない。ぼくは彼の行動に、今の移季年野が父親であると確信する。

「君は娘を守っていろ。ぼくが突破口を開いてやる――」

そして、彼らの前に出る。

立ち塞がるように、屋宜沼の屈強な肉体。

「なんてことを……、貴重な〈楽園の落穂〉をどうして――」

わなわなと彼は震えていた。恐ろしい出来事を目（ま）の当（あ）たりにしたように。

ぼくは彼の言葉なんぞ無視して、能力（スタンド）を発動する。

「――〈天国への扉（ヘブンズ・ドアー）〉！　こいつの本当の目的を暴き出す……ッ!!」

ばらっと、屋宜沼の身体が解け、そのページが露わになる。

前よりも、さらに深く、その内面へと切りこむ。

『トシヤの子供が小麦アレルギーを発症したと聞いた。その世話があまりに大変で母親が出て行ってしまったので、トシヤはひとりでヨウちゃんを育てているらしい。どうやったら私は親友を助けられるんだろう……』

「こいつは過去の記憶か――？」

『……私は遺伝子改造小麦を開発し続けた。アレルギーが発生しないようにさまざまな新品種も作り出した。だがどれも駄目だった。根本的にアプローチが間違っているのかもしれない。小麦アレルギーを治す小麦を作り出すなんて矛盾していることはわかっている。だが、それでもやるしかない。トシヤは、ヨウちゃんはもっと苦しんでいるんだ……』

高速で、屋宜沼の記述を読み進める。

この男は、この男なりに、心から誠実に、親友を助けようとしていたのだ。

そして、〈楽園の落穂〉に関する記述を発見する。

『……これならいけるかもしれない。私はこの超古代種を〈楽園の落穂〉と名づける。これははるか一万年以上前、人類が初めて遭遇した小麦の起源種のひとつと考えられる。現在の小麦種とはかなり遺伝構造が異なっており、アレルギーも発生しない。いや、それだけではない。この超古代種は、食べた人間の肉体に作用する力がある。そう――、この麦を取りこんだ生物は、その栄養を余すことなく取りこめるようにその体組織を組み替えるのだ。――これだ、この力があれば、小麦アレルギーが起きるメカニズムそのものを改善することはできる！』

　その記述を呼んだ直後、次のページだった。

『――違う。この超古代小麦は食した生物の体質を改善するのではない。自らの支配下に置くために精神や肉体を変容させるのだ。自らを繁殖させる奴隷に変えてしまうのだ』

　悲鳴をあげるような筆致だった。

『私は過ちを犯した。はるか古代の怪物を現代に蘇らせてしまったのだ――』

　そして記事が締めくくられる。

（いや、まだ続きがあるぞ！）

　あたかも本のページが糊(のり)づけされてしまったかのように、ぴたりと閉じられた箇所があった。ぼくは〈天国への扉(ヘブンズ・ドアー)〉でその秘められたページを開放する。

『この人間は家畜を飼い、養い、そして増やすために使う』

　だが、その記述を見た途端に気づいた。

「……違う。こいつは移季のときと同じだ。この記述は屋宜沼のものじゃあない。もうひとつ別の存在がこの男のなかにいる！」

『繁殖のためにはよりたくさんの人間がいる』

『人間は、繁栄のために欠かすことのできない〝家畜〟だ』

『生存しろ』

『繁殖しろ』

　その言葉の羅列に、そして、この村の支配者であるはずの屋宜沼が、〈楽園の落穂〉の正体に気づいておいてなお、そのことを忘却し、その繁殖に尽くしていたのは――。

「〝麦を育てさせてもらっている〟――あれは文字どおり本当ってわけか。この村を支配しているのは屋宜沼じゃあない……っ！　〈楽園の落穂〉そのものだっ！」

　そう、この超古代麦は、自らを食べた動物――人間を、自分にとって都合のいい家畜に作り替える作物なのだ。

（――だとしたら、屋宜沼をどうこうして解決する問題じゃあないぞ）

　屋宜沼が、〈楽園の落穂〉を使って村人を支配しているというなら、彼をどうにかすればケリがつく。だが、そうではない。しかも、〈天国への扉（ヘブンズ・ドアー）〉で村人たちの記述を書き換えようにも、〈楽園の落穂〉がもたらす精神的・肉体的支配は極めて強力で、すぐに追記に摂取した麦を体内から排出させることだけだ。しかし、全員が正気を取り戻すまで待つような悠長なことはできなさそうだった。

　その支配を解くすべは、おそらくひとつだけ――移季のよう内容を掻き消されてしまう。

「……えろ、彼らを捕まえろ。真実を知った人間を捕まえて家畜ニシロォォォォッ!!」

　突如、屋宜沼がびくびくと全身を痙攣（けいれん）させたかと思うと、絶叫した。

〈天国への扉（ヘブンズ・ドアー）〉の能力に、〈楽園の落穂〉が拮抗（きっこう）しだしたのだ。

「なんて適応能力の高さだ。それほど凄まじい生存本能ってわけか――」

屋宜沼の絶叫に呼応し、麦粒を拾う村人たちが近づいてくる。

麦の種子を回収する本能的な行動と、屋宜沼を介して発せられる〈楽園の落穂〉自身の命令がコンフリクトを起こしているおかげで包囲はまだ完全ではない。

だが時間の問題だ。麦の回収が終われば、彼らはぼくらを捕まえようと殺到してくる。

「どうするの――」

移季の胸に抱かれた羊が、助けを乞うように訊いてきた。

「安心してくれ。手は考えてある」

「じゃあ」

「ああ」

ぼくは頷き、移季の巨大な尻をばしっと叩く。

「三十六計逃げるに如かずってやつだ。打開策を考えるために、ここはひとまず逃げる！」

移季が、それを合図に羊を抱えたまま、猛然と走りだした。その巨体が生み出す突進力は殺人的なタックルとなり、行く手を阻もうとする村人たちを次々に弾き飛ばしていく。

ぼくはそのすぐ後ろにピタリとつき、両手を振って全力疾走する。

そして包囲網を突破。

夜を駆ける。

7

遠く、山脈（やまなみ）が見える。

雲海が消えているのだ。

この天上の村と地上を分かつ分厚い雲は消え、天候も回復している。

「——これで何ごともなく下山できるなら文句はないんだがな」

息を切らしながら、そう呟いた。

目の前に断崖絶壁が拡がっている。

逃亡のすえ、小麦畑に辿り着いていた。

青白い月光と夜の風に穂を揺らしながら、〈楽園の落穂〉が実をつけ重く頭（こうべ）を垂れている。

「だいじょぶなの？　ここ……」

不安そうに羊が呟いた。

「この麦自体が悪さをすることはないさ。口にしない限り、麦は麦だ」

念のため、移季には頻繁に、〈天国への扉（ヘブンズ・ドアー）〉の能力で、『〈楽園の落穂〉を食べたくならない』と書いているが、今のところいきなり麦穂を貪りはじめたりしない。

ぼく自身も、麦穂を見て美しいとは思っても、狂おしい食欲に苛まれることはない。

周囲に拡がる麦畑は、諸悪の根源というべき代物だったが、この超古代麦自体は悪意すらない。それはただ自らが種を蒔かれた土地で生き延びるため、必死に適応したすえに、人間という、もっとも自らの繁殖に適した相手を見つけたにすぎない。

その支配力が強力すぎるのだった。それはきっと一万年か、あるいはもっとはるか太古の昔、今よりずっと生きることが困難で死と隣り合わせであった時代――あらゆる生物がなりふりかまわず生きることを強いられていた過酷な環境に適応した強靱な生命だった。

〈楽園の落穂〉は、ある意味で、現代に蘇ってしまった恐竜のようなものなのだ。

それは生物として強すぎる。自分以外の植物や動物たちが長い時間をかけて歩んだ調和と共存の歴史を歩まずに、ある日突然、タイムスリップしてきた。

だから、ただ生きようとするだけで、この生物は、〈楽園の落穂〉という超古代種は、他の多くの生物を犠牲にしてしまうのだ。

そう思うと、悲しい生き物だった。

「……だが、ぼくら人間にも、人間なりの生活ってものがあるんでな」

振り返ると、坂からゆらゆらと松明の火が見えた。

ついに追いつかれたのだ。家畜化された人間たち。それはもしかすると、原初の時代の人類の姿かもしれない。

「――岸辺先生」

家畜村人たちの先頭を進むのは、屋宜沼だった。

「あなたの才能があれば、もっとたくさんの人間を村に呼び寄せられる。さあ、周りにある麦穂を口にしてください。家畜だと思うから駄目なんです。麦はいわば神様で私たちは天使だ。それはもう天国みたいにイイ気分ですよぉ……ッ！」

ニンマリと、顔の筋肉が千切れるのではないかというくらい満面の笑みだった。

超古代麦の生存本能が、彼の肉体を支配し、近くにある収穫目前の麦穂を引き千切る。手で扱いて、手のひらに麦の粒を乗せて掲げた。

「トシヤぁ、ヨウちゃぁん……、私が一緒にいるからなぁ。もう苦労はさせないから安心していいぞぉッ！」

とても嬉しそうな声だった。

それはきっと、目の前の男が本当に願っていた幸福な人生のすがたなのだ。

しかし、それはまやかしだ。夢を幻覚に変え、自らが都合のいいように支配し、利用する。生きようとするのは生物の本能だが、それでも超えてはいけない一線というものが、たしかにある。

「……ふざけんじゃあないぞ！　どうしてこの岸辺露伴が、お前たちのため〝だけ〟に漫画を描かなきゃいけない。家畜になるなんて死んでも御免だッ！」

ぼくは今、怒っていた。かなりキレている。

「それになぁ……、ぼくはお涙頂戴なんてモノは大嫌いだが、大切な子供のために苦労を重ねてきた彼の〝想い〟を踏みにじって奴隷にする――、そういう外道は我慢ならないぜ」

屋宜沼は――その精神と肉体を支配するものたちは――、忍び笑いを漏らす。

「どうとでも言ってください。いずれにせよ、あなたたちには逃げ場所はない」

生の麦粒を、がりり、と屋宜沼が噛む。

こちらが打つ手がないと確信しているのだろう。

たしかに、これ以上、彼らから逃げ回ることはできない。

「そうかい？　君らは、麦を育てさせてもらってるんだろ？　ならこれならどうだ？」

ぼくは瞬時に、能力を発動する。

「〈天国への扉（ヘブンズ・ドアー）〉――、『村人よ、その手で麦畑に火を点（とも）せ』！」

その書き換えは、僅かな時間で拮抗され、無効化されてしまう。

だが、その一瞬だけがあれば十分だった。

麦穂に燃え移った松明の炎は、乾いた冷涼な風が強く吹くことで瞬く間に燃え広がっていく。

「その支配力を逆に利用させてもらうぜ、〈楽園の落穂〉」

村人が、家畜化した村人たちが、脇目も振らずに火を消すために、麦穂へ殺到した。

あるいは、消火用の水を確保するため、踵を返して水路へと駆け下りていく。灌漑（かんがい）用の水車の出力を上げて水を集めてこようとする。

「……彼らは超古代麦の虜にされた結果、その思考が極端に単純化されてしまっているようだな。いま自分たちを脅かす火災とぼくたちを比べたら、どちらを優先するかは明らかだ」

「あ、ああ、麦……、私タチガ――。くそ、お前タチヲ逃ガサナイ……、火ガ――」

村人たちに命令を下す屋宜沼が、どちらを優先すべきかで立ち往生している。

ぼくと移季親娘は、彼の横を、通り過ぎる。

「――お前たちも、人間に敬意を要求するなら、まずお前たち自身が人間に対して敬意を示すべきだった。それがお前たち以外の小麦が人類とともに生存した理由であり、そしてお前たちが絶滅した理由ってことだ」

屋宜沼の手がぼくらを追って伸びてきた。だが、その足は消火のために燃え盛る麦穂に向かって勝手に進んでいく。

「……悪いが、移季。ここからはあんたの力を借りるぜ。無事に地上に戻れたら、食事を奢ってやるから」

そして、ぼくは屋宜沼から奪い取った松明を手に、羊とともに移季の巨体に跨る。

移季はぼくたちを背負い、麦畑を脱出し、集落を超え、山を下っていく。

8

――曰く、「家畜化（domesticate）」という単語は、ラテン語の「家（domus）」を語源とするらしい。ところで家に住むものは誰だろう？　もちろん人間だ。


〈楽園の落穂〉を栽培する村で火災が発生し、麦畑が全焼。種子も残らず焼けたことで村人たちは栽培を断念せざるを得なくなったが、当初は下山を拒否した。

しかし地元自治体や救助隊の説得のすえ、全員が救助に合意した。彼らは軽い栄養失調であったが、病院に搬送された現在は回復に向かっている。

「長く夢を見ていたような気がする。村にいた頃の記憶が曖昧なのです……」

と答えたのは、村の代表者として紹介されていた屋宜沼だ。


　ぼくは、杜王町のレストランの一席で、約束の相手を待ちながら新聞を読んでいる。

〈楽園の落穂〉を巡る一件から、すでにひと月近くが経っている。その間、あの村があった地方紙も含めて、新聞は欠かさずチェックした。

　記事を見る限り、あの超古代麦は完全に消失したようだった。〈楽園の落穂〉を口にできなくなったことで、支配状態にあった村人たちも正気に戻ったらしい。

獣化した移季は、ぼくが手配した隠れ家に、娘の羊と一緒に身を隠し、身体を元に戻す治療を行った。

そして回復した移季から、企画の仕切り直しをしたいと連絡があり、このフレンチレストランを打ち合わせ場所に指定した。

「今回はぼくが奢るから好きなだけ食べてくれていい。予約を取るのが超〜大変だったんだからな。きちんと理解して味わってくれよ」

そう釘を刺したが、移季は昼からフルコースに加えて、アラカルトの料理も注文するなどまったく遠慮がなかった。

「それにしても、グルメ漫画の取材に行った先で食中毒なんて。これからは食べるものにはもっと気をつけないといけないなぁ」

家畜化された記憶はかなり曖昧で、村で起きた異変も覚えていないようだった。

「いやあ、屋宜沼もうすぐ退院できるそうで安心しましたよ」

「彼、無事、快復に向かってるらしいな」

ぼくがそう言うと、羊と視線が合った。

彼女は〈楽園の落穂〉を一口も食べなかった。当然、どんな目にあったのかも覚えている。だが、彼女がそれを口に出す様子はなかった。

「――うん。こんど、パパとおじさんでいっしょにごはんにいくの」

「そっか。それはよかった」

互いに笑みを交わした。

「あれ、いつのまに仲よくなったんですかぁ！　さすが露伴先生ですねぇ」

移季がニコニコしながら、次々と料理をサーブしてくる。彼の食べる量にぼくも合わせているのだが、お腹がパンパンだった。

「……しかし、さすがに食いすぎじゃないのか？」

「まずは僕が試さないと。娘も前より食べる量が増えましたからねえ……」

次の料理に手をつける羊を見て、移季が嬉しそうに頬を緩めた。

「最近、専門医と相談して、アレルギー食物を完全に避けるのではなく、本当に少しずつですが、あえて食べることで身体を慣らしていくアレルギー治療を始めたんです」

「そうみたいだな。――食べるのは、楽しいかい？」

「……うん。たべるの、とってもたのしい」

ぼくが尋ねると、羊がこくこくと頷いた。

「――ところで、例のコラボ漫画の件だけどさ」

そしてぼくは、食事を続けながら、話を切り出した。

「あれからいろいろと調べてみたんだが、人類にとっての穀物の栽培化――つまりは農耕革命というものは、穀物の側が繁殖のために人類を利用したという側面もあるらしい」

「つまり……、小麦のほうが人間を操っていたということですかぁ？」

まさかぁ、と移季が言った。まあ、覚えていないのだからしかたがない。

あの超古代麦が、その生存のために人間を家畜に作り替えていたのは、もしかするとあれだけが特例ではなく、他の品種の麦でも——はるか古代の原初の世界では、栽培化された多くの植物たちが、人類に対して同じことを行っていたのかもしれない。

「すなわち、一万年以上のむかし——人類は、麦によって、むしろ家畜化されて農耕民となったかもしれないんだよ。それで、『初めて人類が麦を口にした瞬間』を〝ホラー〟として描いてみようと思ったんだが、どうだろうか？」

ぼくは、準備しておいたネームを鞄（かばん）から取り出し、移季に手渡した。

そこに書かれているのは、ぼくたちが、あの村で経験した出来事をベースにしている。

ネームを受け取った移季は、食事をする手を止め、一心不乱に読みふけった。

「凄い！　これを描いていただけるんですかっ！」

「ああ、もちろんだ」ぼくは今は亡きはるか古代の存在を思い出す。「——あれだけのネタを放置できないからな」

「やったあ！　それじゃ今日は祝杯ですねぇ！　おかわりしましょう！」

「おいおい、まだ頼むのかよ……」

ぼくは苦笑しながら、終わらない宴席を楽しんだ。

そして、新たな料理が運ばれてきたとき、一緒にシェフが現れた。

あまりにもたくさん注文したおかげで、直々に挨拶をしにきたのだ。

「お客様、このたびは当店をご利用いただきまことにありがとうございます。こちらをサービスいたします。――いま料理界で新たに流行しつつある貴重な小麦の新品種〈楽園の落穂〉を使ったバゲットでございます。どうぞお試しください。――一口で虜になりますよ」

そして、シェフが香ばしく焼けたパンが入ったバスケットを掲げる。

「――嘘だろ、消滅したんじゃあなかったのか？」

ぼくが慄くなか、バゲットを受け取った移季が、それを口に運びそうになり、

「……うーん、なんでしょう。これ、なんか、食べたらいけない気が……」

そのまま手を止め、いったん皿に置いた。

パンを凝視する。単に同じ名前の別の安全な品種かもしれない。だが、もしも種子が風に乗って拡散し、別の土地でも繁殖していたとしたら――。

「――パパ、ちょっとたべてみていい？」

すると、よくわかっていないのか、羊がパンに手を伸ばす。

「だ、だめだぁぁぁっ!!」

思わず、ぼくと移季は声を重ねて皿を取り上げ、そして顔を見合わせて、

「……なあ、まずは君が食べてみろよ！」

「いやいやぁ！　先生こそどうぞぉ！」

いつまでも押し問答を繰り返した。

荒木飛呂彦
Hirohiko Araki

1960年生まれ。第20回手塚賞に『武装ポーカー』で準入選し、
同作で週刊少年ジャンプにてデビュー。
1987年から連載を開始した『ジョジョの奇妙な冒険』は、
圧倒的な人気を博している。

北國ばらっど
Ballad Kitaguni

北海道在住。第十三回スーパーダッシュ小説新人賞優秀賞受賞。
既刊に『アプリコット・レッド』
『僕らはリア充なのでオタクな過去などありません(大嘘)』など。
好きなスタンドはチューブラー・ベルズ。

宮本深礼
Mirei Miyamoto

「ぞんちょ」名義でゾンビゲーム実況者として活動する傍ら、
ジャンプ小説新人賞'14 Summerキャラクター小説部門金賞受賞。
代表作に『丸ノ内 OF THE DEAD』『たがやすゾンビさま』がある。
好きなスタンドはリンプ・ビズキット。

吉上 亮
Ryo Yoshigami

2013年、『パンツァークラウンフェイセズ』シリーズでデビュー。
主な著作に『生存賭博』、『PSYCHO-PASS GENESIS』シリーズ。
SFジャンルを中心に小説・脚本など多岐にわたるメディアで活躍。
好きなスタンドはパール・ジャム。

HEAVEN'S GATE

◆初出
岸辺露伴は動かない　短編小説集(1)〜(3)
(ウルトラジャンプ　2017年8月号、9月号、2018年1月号付録)
本単行本は上記の初出作品に書き下ろしを加え、修正し、改装したものです。

岸辺露伴は戯れない 短編小説集

2018年7月24日　第1刷発行
2024年11月30日　第14刷発行

著　者　北國ばらっど　宮本深礼　吉上 亮

原　作　荒木飛呂彦

装　丁　小林 満 + 黒川智美(GENIALÒIDE,INC.)
編集協力　北 奈櫻子　添田洋平(つばめプロダクション)
編 集 人　千葉佳余
発 行 者　瓶子吉久
発 行 所　株式会社　集英社
東京都千代田区一ツ橋2-5-10　〒101-8050
電話【編集部】03-3230-6297
【読者係】03-3230-6080
【販売部】03-3230-6393(書店専用)
印 刷 所　大日本印刷株式会社
株式会社太陽堂成晃社

ISBN978-4-08-703457-8 C0093

JUMP
BOOKS